작가 함광남이 엿본 우리 사회 민낯

참으로 유감입니다

작가 함광남이 엿본 우리 사회 민낯

참으로 유감입니다

이지출판

●

내가 엿본 세상, 살며 생각하며

오랫동안 여러 지면에 발표한 글들을 모아 엮었다. 문단 등단 이후 처음이다. 살아오면서 시대별로 느낀 내 삶의 편린(片鱗)들이지만, 다시 읽어 봐도 나름대로 의미가 있다고 생각되었기 때문이다. 오래전에 쓴 글과 근래 새로 쓴 글, 일본 수필(필자가 번역하여 《에세이문학》에 실림)도 함께 묶었다. 주로 우리 사회에 표출되고 있는 현상들을 바라보며 쓴 글이다.

살아가면서 삶의 무게가 결코 만만치 않다는 사실을 깨닫게 된다. 내 삶의 인생역경곡선도(人生逆境曲線圖)를 그려봐도 그렇다. 누구든 바르게 살기가 어렵고, 생업을 제대로 유지하기도 그리 쉽지 않다. 이유가 뭘까. 왜곡되고 얼룩진 국가 사회 현상이 우리를 비바람 휘몰아치는 거친 들판으로 내몰기 때문이다. 이런 상황에서 아무 생각 없이 '단지 먹고만 살 수는 없지 않나' 싶다. (성서에도 '빵만으로는 살 수 없다'고 했다.)

생각하는 갈대처럼 나는 늘 생각이 많다. 삶의 마디마디에서 겪는 사연들도 그러하지만, 삶의 터전이자 무대인 얼룩진 사회 현상을 외면할 수도 없다. 거기서 엿보고 듣고 느끼는 여러 현상이 우리를 노엽고 슬프게 한다. 삼류 정치인들의 오만과 무능력함, 질 낮은 재벌들의 몰지각함, 폴리페서(polifessor)들의 무책임과 기회주의적 행태, 사(事, 士, 師)자 붙은 전문직업인들의 일탈행위. 그 외의 수많은 것들이 그렇다.

나만 그런가 했더니 그게 아니다. 굳이 입밖으로 말은 하지 않아도 속으로 억누르며 소주잔에 울분과 서글픔을 타서 마시는 '말없는 다수'가 존재하고 있다. 이런 상황은 공인자료가 뒷받침한다. 한국인의 행복지수는 6.3점(10점 만점). 세계 경제규모 11위, 무역규모 8위, IMF에서는 우리나라를 이미 경제선진국으로 분류하고 있지만, 자살률은 OECD 국가 중 1위다. 경제는 크게 발전했지만 불행하게 사는 사람이 많다는 증거다.

러시아 시인 푸시킨은 "슬픔은 참고 견디며 잊으라"면서 "반드시 좋은 날이 올 것"이라고 위로했다. 도저히 돌이킬 수 없는 개인의 슬픔은 참고 견뎌야 할 것이다. 그래야만 좋은 날을 기대하며 오늘의 환난을 참고 소망 중에 살아갈 테니까. 하지만 개인이 아닌 국민 전체가 당하게 될 불행이 예견된다면 사전에, 혹시 이미 시작되었다면 더 악화되기 전에 막지 않으면 안 된다. 반드시 막아야 한다.

　그렇다면 어떻게 해야 할까. 우선 상시분속(傷時憤俗, 시대 상황에 가슴 아파하며 잘못된 세속에 분노)하는 마음가짐이 그 플랫폼이 되지 않을까 싶다.

　여기 모은 글들에는 '더 좋은 세상'이 되기를 바라는 나의 간절한 소망이 담겨 있다. 남미 브라질에서 나비 한 마리의 미미한 날갯짓이 미국 텍사스에서 큰 돌풍을 일으킬 수 있다는 '나비효과 이론'처럼,

'상시분속'하는 말없는 대중의 염원이 바로 그 나비의 날갯짓이 되기를 갈망하는 거다. 그러기에 파스칼의 말대로 언제나 '생각하는 갈대'로 살아갈 것도 다짐하게 된다. '살찐 돼지가 아니라 고민하는 소크라테스'까지는 아닐지라도 나름대로 '빵만으로 살지는 않는다'는 소박한 긍지를 견지하기 위해서이고, 지금 앓고 있는 한국병(韓國病)에서 비롯된 우리의 희망결핍증도 하루속히 치유되기를 바라는 거다.

책이 나오기까지 애써 주신 이지출판사 서용순 대표님과 박성현 실장에게도 고마움을 전한다.

2019년 가을
압구정 연구실에서 함광남

작가 함광남이 엿본 우리 사회 민낯

참으로 유감입니다

●

차례

제2부
살며 생각하며

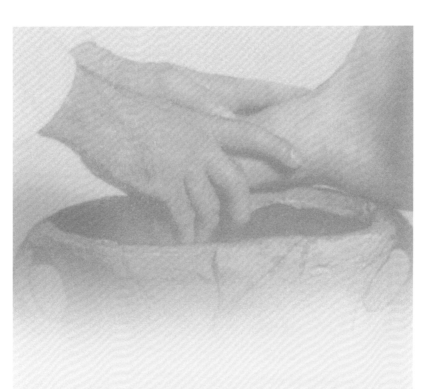

제4부
그리스도에게 길을 묻다

제5부
우리는 생각하는 갈대가 아니었던가(일본수필)

제1부
너무 늦은 정의

우리를 노엽고
슬프게 하는 것들

자주 다니던 골목식당이 문을 닫았다. 장사도 안 되고 인건비 부담이 벅차서 두 손 들었다는 소식이 우리를 슬프게 한다. 쥐꼬리만 한 월급으로 근근이 생활해 오던 청소 아주머니도 감원으로 밀려나고, 아파트 경비원 김씨도 인건비 축소 차원에서 퇴직당했다. 서민경제가 어렵다는 소리가 사방에서 들리니 국민소득 3만 달러 시대에 서글프기만 하다.

저질 정치인, 어깨 힘주는 고위관료, 개념 없는 재벌들의 행태가 우리를 역겹게 한다. 툭하면 정제(淨劑)되지 않은 말, "내가 누군지 알아?" 하고 윽박지르며 상대방의 폐부에 칼질하는 '갑질'에 익숙한 현실에 화가 난다. 그들의 못된 밑바닥 특권층 인식은 언제, 어떻게 바뀌게 될까.

윤리의식이 붕괴된 교수들을 보면 짜증나고 슬프다. 자기 자식의 대학 입학에 유리하도록 논문 공동저자로 올린 100명도 넘는 교수들, 지인의 자식들까지 포함하면 논문이 무려 549편이나 된단다. 가짜학회도 있고 그 학회에 5년간 473명이나 되는 교수가 650회에 걸쳐 국민 세금 수십억 원을 횡령하고 관광지에서 놀다왔다니 기가 찬다. 그들은 우리 사회의 대표 지식인이다. 따라서 국가적 지식을 더 높여 달라는 사회적 기대가 크다. 그럼에도 흙탕물 내는 미꾸라지 같은 자들이 속출하고 있으니, 그런 파렴치한들을 어떻게 하면 좋을까.

4월이 되면 슬퍼진다. 토머스 엘리엇(Thomas Stearns Eliot)이 말한 대로 4월은 잔인한 달인가 보다. 세계 역사에도 4월에 여러 사건이 일어났지만, 내게는 4·19민주혁명 때 함께 시위하다가 경찰이 쏜 총탄에 숨진 병록이가 가슴 아프게 하고, 그 혁명정신이 쇠퇴되어 가는 현상도 가슴 아프다. 봄이 왔건만 봄은 느끼지 못하고 있다. 그야말로 춘래불사춘(春來不似春)이다. 내게 진정한 봄은 언제나 오려나.

지도층 인사 중에 미국을 비난하면서도 자식은 미국에 유학 보내는 위선적인 사례를 보면 화가 난다. 아예 미국 시민권을 가진 경우도 많다. 과거 제프리 존스(주한미국상공회의소, AMCHAM KOREA) 회장의 말이 떠오른다. "미국을 비난하면서 왜 자식들은 미국에 유학을 보내고 있는지 도무지 알 수 없다"고 뼈있는 말을 했다. 우리의 이중성이 부끄럽다.

폴리페서들이 국민을 현혹하는 허구(虛構)를 생산해 내는 것도 신경질 난다. 그럴듯한 말로 포장하여 자신의 입지를 위해 설쳐대는 모습을 보면 화가 난다. 잘못된 국가정책으로 국민 혈세가 낭비되는데, 치밀한 분석도 검토도 하지 않고 일방적으로 밀어붙여 수천 억, 수조 원, 수십조 원의 국민 혈세를 날려 버리다니, 성실하게 세금 내는 국민만 불쌍하다.

개인적 대책도 부족하고 국가가 나서서 돌보지도 않는 상황에서 퇴직하는 은퇴세대와 노년세대의 고달픈 삶이 우리를 슬프게 한다. 그들이 지고 가야 할 빈곤, 질병, 소외된 환경, 할 일 없이 살아가야 하는 상황이 애달프다. 이웃나라 학자까지도 우리의 이런 무대책 현실을 걱정하고 있는데도 무관심한 정부가 원망스럽기 짝이 없다.

품격 없는 사회가 서글프다. 정치인, 고위공직자, 사(事, 士, 師)자 가진 지도층의 품격은 행방불명이다. 사회 리더로서, 지도층으로서의 품격은 사라지고, 사회가 부여한 직업과 자격을 오직 돈벌이에만 치중하는 경우가 많다. 환자 뱃속에 수술용 가위를 넣은 채 봉합하는 의사, 학생들에게 왜곡된 이념을 가르치는 교사, 품위를 잃은 교수, 너도나도 선출직에 나가려고 수단 방법을 안 가리는 정치 지망생, 오랜 친구가 국회의원이 된 후 이권 챙기느라 구설수에 오르고도 나라 사랑 운운하며 거들먹거리는 모습이 괘씸하고 한심하다. 모두 정신 차리고 율곡

선생의 가르침인 '치신이도(治身以道)'를 배우면 좋으련만.

선진국처럼 좋은 일자리, 높은 급여, 사회적 명성과 출세가 개인의 실력과 능력에 의해 결정되지 않고 '연줄'이 취업, 승진, 영달(榮達)의 지름길이라는 우리 현실이 분하고 서글프다. 그래서 어떤 동아줄을 잡느냐에 따라 팔자가 좌우된다는 말이 생겼으니, 아직은 미개국이나 다름없다. 키에르케고르가 말한 대로 법이 힘에 의해 파괴되고, 은혜에 의해 왜곡되며, 돈에 의해 부식(腐蝕)되는 우리 현실이 분하고 어이없다. 유전무죄(有錢無罪), 무전유죄(無錢有罪), 권력무죄, 힘없는 자 유죄 같은 현상은 언제나 사라지게 될까.

오판(誤判)으로 귀중한 생명이 위협당하고 돌이킬 수 없는 피해를 입히는 판·검사를 보면 화가 난다. 최선을 다하지 않고 태만 또는 불성실로 권력의 시녀 노릇을 하느라 그런 과오를 저지른 경우, 피해자는 무엇으로 어떻게 그 보상을 받을 수 있단 말인가.

부동산 졸부가 호텔에 와서 "내가 누군지 알아?" 하고 목에 힘줄 때 종업원이 느끼는 심정을 전해 들으면 슬퍼진다. 그 종업원은 속으로 이렇게 말한단다. "So what! 내가 나도 잘 모르는데 너를 어찌 알겠어?" 금수저로 태어났다는 이유만으로 가진 게 없는 사람을 무시하는 인간을 보면 화가 난다. 가진 게 있든 없든 정중하게 대하고 겸손하면 더 존중받을 텐데 말이다.

공인(公人)이라고 스스로 말하는 연예인을 보면 어처구니가 없다. 남은 그렇게 인식하지 않는데 스스로 그렇게 말하는 건 '난센스'다. 공인의 사전적 의미는 국가공무원이나 사회적 일을 하는 공직자, 기관과 단체에서 일하는 사람, 선출직 등을 말한다. 개인의 이익보다는 국가 사회를 위해서 일하는 사람들이다. 만일 실수하거나 사회적 물의를 일으켰을 때는 반드시 책임을 진다.

요즘도 연예인들의 불미스런 일로 사회가 시끄럽다. 마약, 성범죄, 음란물 유포, 뇌물 등 사회적 물의를 일으킨 후 "공인의 입장에서 죄송하다"는 말을 반복한다. 누가 그들을 공인이라고 했나? 이해도 안 되고 생뚱맞다는 느낌이 든다. 공인이란 단어를 쓰는 연예인은 대부분 인기도 높고 수입도 많아 사치스러운 경우가 있는데, 그들의 뒤를 따라다니면서 촬영해 내보내는 방송도 한심하긴 마찬가지다. 그래서 대중에게 상대적 박탈감을 안겨 주고 방만하게 살다가 물의를 일으켜 비난을 받는 거다.

공서양속(公序良俗, 공공의 질서와 선량한 풍속)을 그르치는 사례가 너무 많다. 하지만 사회에 지는 책임은 아무것도 없다. 그동안 해 온 일이나 장래에 할 일도 모두 개인의 이익을 위한 것이니, 사회를 위해 무엇을 했는지도 궁금하다.

무조건 놀고 즐기겠다는 'YOLO(You Only Live Once)' 세대를 보면 걱정되고 안타깝다. 대충 살기로 결심하니 마음이 편해졌다면서 "오늘은 이만 쉴래요" 하는 젊은이도 있고, 이에 공감하는 이도 많다. 하지만 자신이 꼭 하고 싶은 일, 잘할 수 있는 일을 통해 생산성 있는 미래를 가꿔 나가면 좋으련만, 아무 생각 없이 단지 하기 싫은 일을 피하려는 경향이 역력하다. 나는 누구이며 지금 어디에 서 있으며 어떤 미래를 향해 가고 있는지에 대한 나름대로의 소명(召命)의식이 결여된 '욜로'라면 미래에 펼쳐질 그의 삶은 어떤 모습이 될까?

부끄러움을 모르는 사람을 보면 슬프다. 국가 지도자들 중에 염치 없는 사람이 많다. 일반 국민이 그렇게 했으면 처벌받을 짓을 다반사로 하고도 오리발 내밀기 일쑤다. 철면피다.

국가 주요 공직자, 장관 후보로 청문회에 나오는 인사들을 보면 한심하다. 7가지 필수 검증 사항이 있다는데, 제대로 통과되는 경우는 극히 드물다. 위법은 물론 파렴치한 일까지 저지르곤 부끄러운 줄도 모르고 나와서 발뺌하는 모습, '내로남불'을 일삼는 형태가 역겹다. 존경과는 거리가 먼 인물들이 너무도 많다. 지도자는 고결한 인품과 지조를 갖추고 존경받을 점이 있어야 국민이 믿고 따른다. 지도자로서 흠이 없는 사람, 적어도 손가락질 받지 않을 인물은 어디 없을까. "무치(無恥)는 메르스(급성호흡기감염병)보다 더 무섭다"는 말이 생각난다.

요즘, 밥맛이 없고 밤잠을 설친다는 사람이 많다. 화가 치밀어서 그렇다는데, 이유는 다름 아닌 법무부장관 후보자에 대한 여론이 한 달여를 두고 들끓기 때문이다. 돌이켜봐도 지금처럼 평등, 공정, 정의의 의미가 도마 위에 놓인 적은 없었던 것 같다. 지금까지 알려진 바에 의하면 후보자와 가족들이 저지른 일치고는 참으로 한심하기 짝이 없다. 세상에 알려진 부끄러운 일들로 그 가족들은 만신창이가 되었다. 들끓는 여론에도 불구하고 후보자는 사퇴하지 않았고 끝내 장관으로 임명되었다. 그들의 위선과 부적절한 후보를 임명 강행한 사태로 국민은 분노하고 결국 사회의 '트라우마'로 남았다.

사정이 이러하니 그 후보자는 처음부터 자격이 없는 사람이었다. 예부터 관직에 나아갈 사람은 수신(修身)을 먼저 하고 제가(齊家)하여야 하며 그 후에 비로소 치국(治國)할 수 있다고 했다. 그런데 이 후보자는 수신도, 제가도 전혀 하지 않았으니 부자격자가 아닌가. 게다가 가족의 비리를 덮으려고 본인이 나선 사실도 밝혀졌다니 더 할 말이 없다.

선현들은 우리에게 "배나무 밑에서는 갓끈을 고쳐 매지 말라"고 가르쳤다. 남의 과일에 손을 대서는 안 됨은 물론, 갓끈을 고쳐 매서 괜한 의심을 살 행동도 하지 말라는 뜻이었다. 그런데 그 장관과 가족들은 아예 '갓을 벗어놓고 남의 배를 딴' 것으로 보이니 기가 막힌다. 게다가 먹고살기 위해 죄를 지은 생계형 범죄도 아니고, 더 많이 가지려는 탐욕에서 비롯된 범죄라니 더욱 국민의 울화가 치미는 거다. 그 장관은 평소 정의의 사도처럼 평등과 공정과 정의를 부르짖으며 목청을 높여 왔다. 그런데 뒤로는 온갖 부정과 비리를 저질렀다니….

새로 장관이 된 사람은 진즉에 "높은 자리에 앉으려면 자신을 바르

게 함으로써 남을 바르게 하라(正己格物)"는 목민심서의 가르침을 익혔
어야 되지 않나 싶다. 스스로 수많은 허물을 지닌 터에 어떻게 맡은
직무를 수행해 나갈 수 있을지 참으로 막막해 보인다. 이런 상황이 참
으로 슬프기도 하다.

교만한 사람은 우리를 화나고 슬프게 한다. 미덕의 첫째는 겸손인
데 '내가 왕년에'를 이마에 달고 거드름 피우는 것은 인간의 도리를 저
버린 사람이다. 나이 들었다는 이유만으로 대접받으려는 노인도 보기
딱하다. 그리스도의 사도 바울은 교만을 경계하여 '최대의 적은 자기
자신'이라 인식하고 "나는 날마다 죽노라" 하고 고백했다. 성서의 가르
침에도 "교만은 패망의 선봉"이라고 했다.

취업으로 고민하는 젊은이, 좌절하는 젊은이를 보면 안쓰럽다. 국가
사회가 별다른 대책도 없이 일자리를 해결해 주지 못하는 현실이 원
망스럽다. 생각 없는 젊은이를 보면 안타깝다. 할아버지, 아버지 세대
가 겪어 온 고난과 좌절, 온몸으로 겪어 낸 시대의 아픔, 가족을 입히
고 먹이고 공부시키기 위해 독일 광부로 수백 미터 지하 막장에서, 독
일 간호사로 시체 닦는 일을 하며, 가발공장과 신발공장에서 밤새 피
땀 흘리며 일한 역경의 세월을 외면한다. 부모들이 살아온 공식(公式)
인 '끊임없는 노력 = 성공'은 '자신들에겐 먼 얘기'라며 들으려 하지
않는다. 그리고 오랜 세월 쌓아 온 경륜과 경험법칙에서 얻은 지혜를

담은 충고조차 잔소리로 치부해 버린다. 이렇게 하는 젊은이에겐 단언하건대 미래가 없지 않을까.

감사를 모르는 사람을 보면 슬프다. 필자도 오랜 세월 나름대로 인재 양성에 힘써 왔다. 다른 일에 몰두하면서도 교육의 의미와 보람을 생각하며 22년 동안 군(軍)으로 치면 1개 사단병력에 해당하는 젊은이들에게 마케팅, 홍보, 광고를 가르쳐 사회에 내보냈고, 형편이 어려운 대학생 30여 명에게 등록금을 대주었다. 사원에게 해외 유학의 길도 열어 주는 등 인재 키우기에 노력했다. 하지만 남은 것은 서운함뿐이다. 그들에게 절대로 반대급부를 바라지는 않는다. 다만 욕심을 낸다면 연말에 따뜻한 감사 마음을 담은 카드 한 장을 받고 싶을 뿐이다. 수십 년 동안 겨우 석 장, 한 장도 못 받은 것보다는 다행이라 여겨야 할까. '감사는 기억되어야 하고 표현되어야 한다.'

우리나라에 일하러 온 동남아 저개발국 근로자를 홀대하는 기업인을 보면 화가 난다. 사람 대접도 안 하고, 월급도 제때 주지 않으면서 폭력까지 휘두르기도 한다니, 이건 인종차별이다. 우리도 가까운 일본에 헤엄쳐 가(밀입국), 공장에 숨어서 일하며 돈 벌어 가족을 먹여 살린 게 엊그제인데, 올챙이 적 생각을 안 하는 거다. 이제 좀 잘살게 되었다고 이래서야 되겠는가. 참으로 웃픈(웃기고 슬픈) 처사가 아닌가.

짝사랑은 슬프고 외롭다. 개인이든 국가 간 외교든 상대방은 이쪽을 무시하고 외면하는데 통사정하며 매달리는 건 너무 초라하고 자존심 구기는 일이다. 은행나무도 마주 봐야만 열매를 맺는데, 하물며 인간관계, 국가 간의 외교관계에서 홀대받으며 일방적으로 짝사랑하는 것은 너무 애달프니 이제 그만둬야 하지 않을까.

성서 〈전도서〉에 '매사에 때가 있다'고 했다. "천하에 범사가 기한(期限)이 있고 모든 목적이 이룰 때가 있나니…. 울 때가 있고 웃을 때가 있으며…"라고 기록되어 있다. 우리가 느끼는 감정도 제대로 사물을 보고 분노하며 슬퍼할 수 있어야 웃을 날을 맞이할 수 있지 않을까.

만일 분노하고 슬퍼해야 할 것을 모두 잊어버리거나 외면해 버리면 그런 일은 더욱 번성하여 악(惡)으로 가득한 세상이 되어 우리를 더 괴롭힐 것이기에.

1분의 소중함은 방금 떠난 기차를 놓친 손님이 가장 잘 알고, 0.001초의 소중함은 그 시간 차이로 우승을 놓친 스포츠 선수가 뼈저리게 느낀다고 했다. 우리가 느끼는 분노와 슬픔도 잊혀지기 전에 느끼고 기억되어야 세상을 바로잡을 수 있지 않을까. 망각에 익숙해지면 학습 효과도, 역사도 까마득히 잊어버리고 말 테니까.

울분
유발자

"내가 누군지 알아?"

몇 해 전, 어느 정치인이 난생처음 보는 대리기사에게 던진 이 말이 한때 세간의 유행어가 되었었다. 친구끼리 목에 힘주며 으스댈 때 그 말을 주고받곤 했다.

음주 운전하다가 시내버스를 들이받은 정치인이 경찰서에서 내가 누군지 아느냐고 큰소리치고, 술집에서 손님의 코뼈를 부러지게 한 청와대 경호실 직원도 똑같은 말을 내뱉었다. 그 말에는 '누구든 자신을 잘 알아서 모시라'는 못된 심리가 깔려 있다.

실제로 널리 알려진 인물은 굳이 '나를 아느냐'고 남에게 물을 필요가 없다. 또 묻지도 않는다. 대중이 이미 알고 있기 때문이다. 그런 분들은 오히려 몸을 낮추고 겸손하게 행동한다. 내가 누군지 아느냐고 떠벌리는 건 나름대로 권력은 갖고 있는데 왜 몰라주느냐는 심리가 작용한 탓이다.

오늘 아침 조선일보 〈만물상〉 기사를 읽었다. 어느 정치인이 부친을 국가유공자로 만든 과정을 두고 논란이 일자, "너희 아버지는 그때 뭐했지?" 하고 물었다는 내용이다. 그 기사를 보면 '핏대를 세워서' 물었다는 표현이 뒤따른다.

내 아버지도 젊었을 때 독립운동을 하셨다. 일본 순사를 두들겨패기도 하고, 의병대원으로 항일투쟁을 하면서 만주로 피신해 숨어 지내다가 해방을 맞으셨다. 훈장감이요 유공자지만, 국가 명단에는 없는 숨은 유공자일 뿐이다. 명단에 없는 유공자는 존재가치도 없는 필부(匹夫)로 남는 게 현실이지만, 그래도 남의 아버지 행적을 그런 식으로 폄하하며 물어도 되는 걸까?

서울대에서 30년치 신문기사를 분석한 결과 '울분 유발자 1위'는 정부조직 관료, 정치인이었다. 말하자면 힘을 가진 자들이었다. 그들의 존재 의미는 국민을 위해 봉사하는 것임에도 거꾸로 국민 위에 군림하며 정제되지 않은 언어, 흙탕물 언어, 고자세로 내뱉는 가시돋힌 언어들을 쏟아낸다. 이를 듣고 보는 국민의 감정은 어떨까. 울분과 슬픔을 느꼈다는 보고 내용이었다.

정치인도 방송인도 모두 '한방 날리는 말과 독한 표현'으로 경쟁 중이다. 요즘 '갑튀사'란 말이 유행이다. '갑자기 튀어야 산다'는 뜻이다. 남과 차별화하려면 무조건 튀어야 한다는 심리다. 철학자 니체가

'세 치 혀의 가벼움'을 그토록 경계했건만, 요즘 우리나라는 바르고 정확한 말보다는 칼로 찌르듯 혹독한 단어로 튀어 보려고 애쓰고 있다.

오래전 필자가 업무차 소련에 자주 다닐 때도 식당에서 술에 만취하여 노래를 부르며 반주자를 불러오라고 호통치는 사람이 많았다. 옆자리에 앉은 손님은 안중에도 없다. 물끄러미 바라보는 외국인들은 아마도 미개인이 와서 떠든다고 보았을 거다. 종업원이 안 된다고 하면 "내가 누군지 알아?" 하고 거드름을 피우며 100달러짜리 지폐를 (팁이라며) 던지는 한심한 졸부도 있었다. 소련까지 가서 '내가 누군지 아느냐'고 큰소리쳤으니 현지 종업원이 듣고 기가 찼을 것이다. 노래 가사에 '내가 나를 모르는데 너를 어찌 알겠느냐'는 대목이 떠올랐었다.

방송도 그렇다. 시청률 올리기에 사로잡혀 출연자를 섭외할 때도 정확한 지식과 검증된 내용을 차분히 말하는 사람보다는 '청산유수형'을 선호한다. 말하자면 '썰'을 잘 풀어야 프로그램 인기가 올라간다는 것이다. 그래서 '썰' 잘 푸는 사람, 수다스럽게(?) 보이는 사람을 고른다. 드라마도 그렇다. 우리 정서와는 동떨어진 패륜, 불륜, 폭력, 배신, 사기, 횡령, 살인 등 파렴치한 범죄 내용을 담은 (말초신경을 건드리는) 드라마가 대세여서 시청자의 눈살을 찌푸리게 하고 있다. 그래서 막장 드라마로 불리는 거다.

언젠가 한 정치인이 상대편 선거 후보에게 "자주 거짓말하는 아무개 후보는 입을 재봉틀로 박아 버려야 한다"는 섬뜩한 말을 해 국민을 경악시킨 적도 있다.

말은 뱉기는 쉽지만 되돌리기는 불가능하다. 최소한 듣는 자가 울분을 느끼고 슬프지 않게, 더 나아가 기분 좋게, 오해 없이 잘 알아듣게 해야만 한다. 솜 같은 따스한 말이 있는가 하면 가시가 돋힌 말, 폐부를 찌르는 칼 같은 말도 있다. 저질 말은 삼가고 사유어(思惟語)로 바꾸어야 한다.

말에 대한 김구 선생의 가르침을 상기해 봐야 할 것 같다. 힘 가진 자들이 제발 시궁창 언어를 버리고 부디 '구사일언(九思一言)'이면 더 좋겠고, 적어도 '삼사일언(三思一言)'이라도 실천한다면 사회가 더 밝아지지 않을까.

무지개를 쫓는
위정자들

사람은 누구나 꿈을 가지고 산다. 어려서는 아름다운 무지개 꿈을 꾸고 성장하면서 그 꿈을 구체화하게 된다. 대통령을 역임한 어느 분은 어려서부터 책상 앞에 '나는 대통령이 되겠다'고 써서 붙였다는 일화가 있고, 청소년들은 야구선수, 슈바이처 같은 의사, 아인슈타인 같은 과학자가 되겠다는 꿈도 꾼다. 서양에서도 청소년들에게 꿈(야망)을 가지라는 뜻으로 "Boys be ambitious!"를 강조한다.

예나 이제나 대학교수가 정계나 정부 요직에 등용되는 경우가 많다. 얼마 전 모 대학교수 출신으로 국가 주요 직책에 있던 두 사람에 대한 기사를 읽게 되었다. 모두 국가 정책을 기획하고 추진하는 위치에 있었는데, 경제정책을 책임졌던 교수가 퇴임 후 어느 모임에서 말한 요지는 이렇다.

"나는 어려서부터 무지개 꿈을 꾸며 살아왔다. 앞으로도 무지개를 쫓으며 살 것이다."

얼핏 듣기에 무지개란 참 좋은 말이다. 절대로 잡히지 않는 무지개지만 청소년들에게 비전과 소신을 가지라는 권고의 뜻이 들어 있다.

그러나 그 교수가 주장하고 실행한 국가 경제정책이 크게 실패하여 서민들의 삶이 얼마나 고달파졌는지는 자신도 잘 알 것으로 본다. 만에 하나, 치밀한 검토 없이 검증되지 않은 정책, 성공 사례가 없는 정책, 역효과만 발생한 정책을 자신의 '무지개 꿈을 실현해 보려는 의도'에서 시작한 것이라면 이는 매우 잘못된 것이다.

앞에서 말한 무지개꿈 이야기로 자신의 실수를 덮을 수는 없다. 어느 개인에게 국한된 것도 아닌, 국민 전체의 삶을 좌우하는 중차대한 정책을 함부로 썼다면 돌이킬 수 없는 과오를 저지른 셈이다. 국가는 개인의 꿈을 실험해 보는 연습장도 실험장도 아니다. 국민은 실험용 '모르모트(guinea pig)'가 아니다. 국가정책 시행은 멀리건(mulligan, 골프에서 한 번 더 칠 기회를 부여하는 것)도 없다는 격언을 명심해야만 한다.

또 다른 인사는 국제외교 분야에서 활동 중인데, 국내외를 다니면서 한미 관계에 대한 인터뷰를 자주 한다. (언론 발표 내용대로라면) 현재와 같이 민감한 시점에 한미 동맹에 해를 끼치는 말을 하여 국민과 전문가들을 놀라게 한다. 미군 철수 문제를 비롯하여 아슬아슬한 내용을 거론하여 모두를 불안하게 한다. 여론 비판과 반대 의견이 제기되면 '학자로서 한 말'이라고 한단다. 그것은 핑계다. 아니 변병이나 해명할 자신이 없기 때문이다. 더 믿기 어려운 건 그가 "급여가 적다"는 말을 했다는 거다. 급여가 적으면 생각 없이 함부로 말하고 다녀도 된다는 것인가? 그만두면 될 것이지 왜 자리에 연연하고 있을까.

이 말은 낭설이기를 고대한다. 설마 그런 말까지 했을 거라곤 생각하고 싶지 않다. 학자로서 한 말이라면 토론이든 세미나든 학교에서 해야 한다. 학교가 아닌 국가외교 고위직에서 일하는 사람이 앞뒤 가리지 않고 위험 소지가 있는 말을 하면 듣는 쪽은 '대한민국의 중요 위치에 있는 아무개가 한 말'이라고 기록하고 평가받기 때문이다.

그동안 우리 정치 현장에 '폴리페서'가 자주 등장했다. 대통령보좌관, 장관, 총리에 임명되기도 한다. 주요 직책에 앉으면 '소신'이란 미명하에 여러 가지 정책을 쏟아낸다. 하지만 성공 사례는 매우 드물다. 대부분 헛소리로 전락하고 만다. 물러나면 그만이다. 아무런 책임도 지지 않는다. 성과 없는 정책 탓에 국민의 고통만 늘어간다. 상아탑에서 제자 양성에 힘쓸 것이지 왜 관가(官街)에는 기웃거리는 걸까. 출세해 보려는 욕망이 있기 때문이다.

선거철이면 너도나도 후보자 캠프에 줄을 댄다. 그럴듯한 언어를 창작해서 선거 홍보에 쓰게 하고 쌈박한 스토리를 만들어 그럴듯한 정책을 내놓는다. 지지한 후보가 당선되면 한자리 얻어 잠시 부귀영화를 누려 보는 거다. 만일 뭔가가 잘못되면 교도소로 직행하여 고난의

세월을 보낸다. 학문적 명예도 지위도 한순간에 잃는다. 모두 자업자
득이다.

  조선시대 대제학을 지낸 '신흠(申欽)' 선생은 공직에 나아가려면 올바
른 뜻을 지닌 자, 배움을 게을리하지 않는 자, 의로움에 바탕하며, 탐
욕에 물들지 않으며, 잘못된 행동에 부끄러워할 줄 아는 자, 의리를
붙들고 청렴을 뽐내는 자여야 한다고 했다. 하지만 이런 사람은 만나
기가 매우 어렵다고 했다. 우리는 그런 사람을 몇 명이나 보았을까.

  혼돈의 시대를 살아온 '공자'가 그토록 덕망과 지혜를 갖춘 훌륭한
인재로서 시대의 등불이 되었음에도, 현실 정치에서는 이상을 펼쳐볼
기회조차 별로 얻지 못하고 제자 양성에 몰두하였음을 돌이켜보면, 교
수 제위께서는 아무쪼록 인재 양성에 전념하기를 마라는 마음 간절하
다. 정부에서 혹시라도 자문을 구해 오면 자문으로 끝내길 권고한다.
미국의 '아서 래퍼' 교수(트럼프, 조지 부시, 로널드 레이건 대통령 등에게 훌륭한
경제정책을 자문해 줌)처럼 말이다. 안그래도 손가락질 받는 터에 잘못하
면 '곡학아세(曲學阿世)' 한다는 비난과 사이비란 소리를 듣게 되니까.

오만과
편견

오래전 어느 경찰서에 출두하여 조사를 받은 적이 있다. 사기, 횡령사건으로 큰 피해를 입어 가해자를 고소하였는데, 상대방이 범행을 부인하여 대질신문을 하는 자리였다. 조사관은 젊고 친절해 보였다. 조사 도중 외부 전화가 걸려오면 "○○경찰서 수사과 ○○○경장입니다. 무엇을 도와드릴까요?" 하고 친절하게 응답하는 모습에서 신뢰감이 느껴졌다. 모범경찰이란 생각까지 들었다.

그런데 잠시 후 도무지 이해할 수 없는 비정상적인 모습으로 돌변했다. 피해자인 내 말은 잘 듣지 않고 피의자의 말만 경청하면서 그를 옹호하는 것이었다. 피해자인 나는 단정한 자세로 앉아 진술하는데, 피의자는 다리를 꼬고 앉아 경찰관과 고향 친구와 대화하듯 화기애애한 장면을 연출했다. 매우 특이한 상황이었다. 한 시간쯤 조사가 진행되자 경찰관이 선언하듯 피해자와 가해자 앞에서 엄숙(?)하게 선언했다.

"이 사건은 대한민국 어느 수사관이 조사해도 결론은 무죄입니다."

너무도 기막힌 말을 듣고 나는 어안이 벙벙했다. 오만방자하기 짝이 없는 태도에 놀랄 뿐이었다. 피의자는 희희낙락했고, 피해자는 황당할 수밖에 없었다. 너무도 어처구니가 없어 경찰관에게 물었다.

"뭐라고요? 범죄 사실이 이토록 엄연한데 죄가 없다니요?"

"아무리 찾아봐도 혐의가 없습니다."

제정신으로 한 말일까? 수사관은 자신을 검사로 착각한 걸까, 아니 최종 판단자로 생각한 걸까? 말단 경찰관의 그런 어이없는 태도는 어디서 나오는 것일까?

나는 자리를 박차고 일어났다. 더 조사해야 한다면서 '앉으라'는 경찰관의 말을 무시하고 수사관실에서 나왔다. 더는 그런 조사를 받을 필요가 없다는 판단이 섰기 때문이었다. 그 경찰관이 그런 말을 내뱉은 연유는 무엇일까? 피의자와 친분이 두터운 것처럼 보이는 표정, 피의자를 감싸는 태도, 누가 수사해도 무죄라는 망발은 어디에서 나왔을까? 틀림없이 어떤 '거래'가 짐작되는 상황이었다. 그것이 뇌물이든 친분이든 줄타기든 간에 공정하지 못한 건 분명했다.

예상대로 사건은 경찰에서 무혐의 불기소 의견으로 검찰에 송치되었고, 검사는 바빠서 그랬는지 아니면 귀찮아서인지 경찰이 보낸 송치 의견서를 한 자도 안 고치고 그대로 복사하여 무혐의 결정문에 첨부했다. 결론은 무혐의. 이에 불복하여 고등검찰청에 항고하였으나 아무런 이유 설명도 없이 단 한 줄로 '항고기각'. 다시 대검찰청에 상고. 결론은 '재수사개시명령'이었고, 사건은 다시 지방검찰청으로 되돌아 수사가 진행되었다. 그리고 피의자는 결국 구속 기소되어 법원으로부터 징역형(실형)이 선고되었다.

사건의 진실이 밝혀질 때까지 참으로 긴 세월이 소요되었다. 수사의 첫 문을 여는 말단 경찰관의 오만과 편견이, 피해자는 물론 수사기관 인력과 법원 관계자에게 많은 시간과 비용을 허비하게 하고 수고를 끼친 결과를 빚고 말았다.

"너무 늦은 정의는 정의가 아니다"라는 말이 떠오른다. 초기 수사가 잘못된 탓으로 몇 년, 몇십 년 후에야 진실이 밝혀지는 사례를 우리는 너무 많이 봐오고 있다. 수사 첫 단추가 잘못 꿰어지면 그에 따른 개인과 사회 전체가 입는 피해는 엄청나다. 그런 점을 감안하면 경찰관에 대한 심도 있는 교육 훈련과 특히 인간으로서의 기본 자세부터 가르치는 게 매우 중요하다는 걸 절감하게 된다.

경찰 조사를 받던 날은 여러 가지로 우울하고 어두운 날이었다. 분이 가시지 않아 심란한 마음으로 경찰서 문을 나서자 을씨년스러운 겨울바람이 옷깃을 파고들었다. 마침, 할머니 한 분이 경찰서 문을 나서면서 경찰서를 바라보며 욕을 했다.

"에이, 나쁜 ×××들. 똑바로 해라, 너희가 민중의 지팡이냐?"

시행착오

7월이다. 이내 뙤약볕이 내리쬘 것이다. 이맘때가 되면 봄에 파종한 묘목 위에 해 가리개를 덮어야 한다. 삼십 대 초반, 친구들이 놀러가자는 것도 뿌리치며 시골에 은행나무 묘목을 심고 키우던 일이 생각난다. 그때만 해도 젊은이들은 낚시, 등산, 스포츠 동호회를 만들어 산으로 들로 놀러 다니는 게 유행이었다.

하지만 나는 뭔가 뜻있고 생산적인 일을 한답시고 공휴일이면 새벽길을 재촉하여 시골로 내달렸다. 은행나무 묘목을 키우기 위해서였다. 500평 밭에 은행나무 묘목을 심고 거름 지게를 지며 땀을 흘렸다. 해가 지면 집으로 돌아오는 버스 속에서 보람 있게 살아가는 듯한 스스로에게 흡족해하기도 했다.

유별난 정성과 고가 약품이 필요한 묘목 키우기였지만 자식 키우듯 애지중지 보살폈다. 묘목 크기가 30센티쯤 자랐을 때 대충 헤아려 보니

30만 주나 되었다. 나는 밤마다 기와집을 지으며 꿈에 부풀었다. 당시 일 년 된 묘목 한 그루 값이 90원, 집 한 채 값이 600~700만 원이었으니 왜 안 그렇겠는가.

그러나 세상일이 어디 뜻대로 되던가. 내가 해외 출장을 다녀올 동안 뜨거운 한낮에 해 가리개를 덮어 주기로 한 청년이 뜻밖의 일로 교도소에 들어가고 말았다. 한참 시일이 지난 뒤에 달려가 보니 연약한 묘목들은 한여름 불볕을 이기지 못한 채 입고병(立枯病)으로 전멸 상태가 되고 말았다. 해지는 들녘에서 먼 하늘만 쳐다보던 그때 그 좌절감이 아직도 생생하다. 자식을 잃으면 그런 마음일까. 연초록 손을 내밀며 땅 위로 솟아오르던 새 생명들이 불에 타 죽은 것이었다.

나는 한없이 자책하였다. 한순간의 시행착오가 그런 결과를 초래했으니. 나도 그 청년도 시행착오를 자책할 뿐, 이미 돌이킬 수 없는 일이었다. 그 후 무슨 실수를 하면 습관적으로 그때 묘목 키우던 생각이 나곤 한다. 흔히 말하듯 '병가지상사(兵家之常事)'라고 하기엔 너무도 가슴 쓰라린 기억이기 때문이다.

우리는 위험 사회에 살고 있다. 주변에 노출되어 있는 수많은 시행착오의 개연성에 대비하기 위해 철저한 사전 준비와 시스템 구축과 표준화를 시도한다. 그러나 부족한 인간이다 보니 실수를 거듭하게 되어 위안삼아 하는 말로 툭하면 '병가지상사'를 입에 담는다.

하지만 실수로 빚어지는 결과의 크기에 따라 절대로 용납될 수 없는 시행착오가 있다. 개인의 실수는 그 개인의 삶에 영향을 미치지만, 국가 사회의 실수는 나라 전체가 몸살을 앓게 된다. 단시일 내에 회복할 수 없는 피해를 입게 될 수도 있다. 그러기에 국가적 주요 정책에는 앙코르도, 멀리건도 없다고 하지 않던가.

어찌 그뿐이랴. 사법부의 실수로 소중한 생명을 잃게 하는 경우, 오판으로 선량한 국민에게 자유와 인권과 권리를 잃게 하는 경우, 의사의 사소한 실수로 환자 뱃속에 수술용 가위를 넣은 채 봉합해 버리는 실수, 공사 현장에서 가벼운 실수로 귀중한 생명을 잃는 경우는 또 얼마나 많은가.

국민 혈세 수천 억을 들여 공장을 지어 놓고 성대한 준공식(그 자리엔 으레 정치인이 있고 연설 장면을 찍어 언론에 보도했음)을 치른 후, 가동도 안 하고 먼지만 수북이 쌓인 채 방치되는 것은 시행착오 차원을 넘어선 범죄행위가 아닐까.

드라마 〈제5공화국〉을 보는 시청자들 입에서는 탄식이 쏟아진다. 그때 국정 책임자들이 제정신이었다면 그런 공화국은 없었을 거라고 후회하지만, 이미 때는 늦고 말았으니 이 또한 치명적인 시행착오가 아닌가.

지하철을 타면 어김없이 들리는 안내 방송이 있다.

"이 역은 타는 곳과 전동차 사이가 넓습니다. 주의하시기 바랍니다."

설계와 시공 단계에서 미리 예방할 수는 없었을까? 틈새에 발이 끼어 인명사고가 난 후에야 뒤늦게 방송을 해대는 그런 시행착오를 어떻게 하면 좋을까. 똑같은 말을 반복하는 데 드는 비용과 수고는 무엇으로 변상될 수 있을까?

'예견과 미연의 방지'만이 최선임을 다 알면서도 그리 못하는 이유는 뭘까. 특히 국가정책 시행자의 경우 책임 소재와 무관할 수 없을 것이다. 개인의 시행착오로 인한 책임은 전적으로 개인이 지게 된다. 하지만 국가의 시행착오로 인한 책임은 아무도 진 적이 없다. 앞으로는 반드시 누군가 져야 한다. 그래야만 더 심사숙고하게 될 테니까.

방관죄

     뒤늦게 수필 동네에 들어온 지도 여러 해가 흘렀다. 그 덕에 여러분이 보내 준 수필집이 내 키만큼이나 쌓였고, 문학의 문외한이던 나는 아름다운 서정산문에 취해 사유의 풍요로움을 향유하게 되었다. 그러면서도 마음 한구석엔 써야 할 글의 주제가 사회적 문제를 향한 시각에서 출발해야 한다는 강박관념이 목에 가시처럼 남아 있다.

    얼마 전 사회과학도이자 문학에 관심이 많은 제자와 대화를 나누게 되었다.

    "요즘 어떤 책을 읽고 있나? 독서가 곧 큰 자산이 될 텐데."

    "여러 책을 읽고 있지만 수필집이나 문학잡지는 읽지 않습니다."

    "왜, 이유가 뭔가? 습작에 도움도 되고 생각의 폭도 넓혀 줄 텐데."

    "우선 소재가 비슷비슷해서 더 안 봐도 될 것 같아서요."

    "무슨 소린가? 구체적으로 말해 보게. 소재가 비슷비슷하다니?"

"제가 알기로는 우리나라에서 발간되는 수필 전문지가 무려 20여 종이나 됩니다. 거기에 실린 작품들에 단골로 등장하는 소재는 한결같이 '자연과 나'였습니다. 달, 바람, 바다, 나무, 꽃, 산, 나와 가족…그런 주제 말입니다."

"흔히 말하는 음풍농월(吟風弄月)이나 화조월석(花鳥月夕)이란 말인가?"

"네, 바로 그겁니다."

"그게 어쨌다는 건가? 그런 글들이 정신적 삶을 풍요롭게 하고 인간성 회복에도 기여할 텐데…"

"저는 아직 젊어서 그런지 애상조(哀想調)의 글에선 감동을 받지 못하고 있습니다. 아무리 화려한 문장과 현란한 표현이라도 그런 소재에선 메시지가 뭔지 잘 모르겠습니다. 일종의 자기만족을 위한 마스터베이션 같기도 하고요."

"그럼 자네가 하고 싶은 말은 뭔가?"

"시대 상황과 작가 정신 문제를 말하고 싶습니다. 적어도 작가는 소재 선택에서 시대 상황을 외면하면 안 되는 것 아닙니까?"

"작가의 책무를 말하는 것인가?"

"작가라면 그 시대를 대표하는 지성인에 속하지 않습니까?"

"다 지성인이라고 할 수는 없겠지. 나 같은 사람도 있으니까. 내 경우는 좋게 말해 글줄이나 읽었으니 지식인 정도로 봐준다면 몰라도…."

"어쨌든 수많은 현실 문제를 외면하고 신변잡사만 쓴다는 것은 '오피니언 리더'로서 죄를 짓는 거나 마찬가지 아닐까요?"

"죄라니, 무슨 죄 말인가?"

"이를테면 '방관죄'지요. 다급한 사회 문제들을 빤히 보면서도 모른 척하니까요. 선생님은 그런 문제의식을 갖고 계십니까?"

"자네, 서정수필을 무시하는 건가?"

"절대 아닙니다. 서정수필만 무성한 상황이 문제라는 거지요. 게다가 '현실참여 수필은 작품성의 한계가 있다고 평가'하는 해괴한 잣대도 문제 아닐까요? 작가들이 참여수필을 안 쓰는 건지 못 쓰는 건지, 오늘의 풍토에 대해 선생님은 어떻게 보십니까?"

"안 그래도 통감하고 있네만, 앞으로 노력해 보겠네."

그러고 보니 젊은이로부터 호되게 야단을 맞은 느낌이다. 내가 아직도 수필계의 올챙이인 탓에 사물을 잘못 보는 것일까.

내가 느끼는 수필계의 여러 모습도 아쉽기만 하다. 사회적으로 홀대받는 수필계, 대량 생산되는 작가, 서정문학의 이름으로 범람은 하되 구독자가 없는 작품들, 패거리 또는 동아리 문학이라고 지탄받는 현실, 자아도취에 빠진 원로연하는 작가들의 행태…. 나도 수필계에 단역으로나마 출연하여 남루한 모습을 만드는 데 일조하고 있으니 방관죄 공범이 아닌가.

지금 우리 수필계의 모습이 이런 건 아닐까. 문정희 시인의 〈과수원의 시〉를 통렬한 심정으로 옮겨 본다.

…메마른 땅에 방치된 열매처럼

부글거리는 언어들의 악취

벌레들이 다 파먹어

무슨 존재인지도 모르는 죽은 가지를 두고

서로 고개 끄덕이며 감동받은 척하지만

저 무지한 정치의 힘처럼

소외되는 것이 두려워

무식의 혐의를 뒤집어쓰지 않으려고

웅성거리는 저 과수원의 시인들과

장사꾼들과 착한 척하는 능구렁이들과

몇 번이고 문을 두드리다

발길을 돌린 용감한 독자들 속에

아직도 산아제한을 하지 못해

미숙아를 줄줄이 낳아 등에 업고

문학의 공장주를 찾아다니는 소작인들이

술집을 웅성거리는 동안

어설픈 견자(見者)들과 기회 포착주의자들과

설익은 조소꾼들이 포진한 이 시대

시는 죽었고 시인은 지쳐 버렸다

이 거친 과수원에 봄이 돌아오고

푸른 별이 솟을 날은 언제?

처방전(處方箋)

인천에 있는 회사에 경영 개선 처방전을 전하고 오는 길이다. 회사의 건강 상태를 낱낱이 열거하고 절차와 방법으로 양의적(洋醫的)·한의적(漢醫的) 치유 방법을 비유하여 설명해 주었다.

"귀사의 경영상 문제점은 이렇습니다. 지적한 문제점들은 이러저러하게 개선해야 됩니다. 시급한 부분은 당장 수술하고 그 외의 문제는 시간을 가지고 체력을 보강하면서 치료하세요. 강력한 실천 의지를 가져야만 합니다."

그 회사 사장에게 설명하면서 "기업도 생명체나 다름없으니 100세 장수를 위한 처방전인 셈이지요" 했더니, "병원도 개업하셨나요?" 하며 웃었다.

경영 컨설팅을 하다 보면 기업의 목표, 조직, 인사, 직무수행 등의 문제점은 물론 상품, 브랜드의 건강 상태까지도 진단하게 되니 경영

진단서는 의사가 작성한 '처방전'이나 다름없다. 그런 연유로 '경영 컨설턴트는 경영의 임상의사'라는 말이 나온 것 같다.

돌아오는 길에 들은 뉴스는 국가 상황이 위기라는 내용이었다. 요즘은 국가지도자들의 행태가 도마 위에 자주 오른다. 매사 원칙도 기준도 애매모호한데다 그들이 낸 국가 사회 경영에 대한 처방이 종잡을 수가 없어서 혼란이 더 가중된다는 거였다. 어렵게 살아가는 민초(民草)들에게 전하는 희망의 메시지는 왜 없는 걸까?

같은 얘기를 너무 자주 듣자니 짜증스럽다. 그래서 너도 나도 해외 이민 행렬에 줄을 서는 걸까? 이민박람회라도 열리면 무려 5만 명이나 몰려든다니, 이쯤 되면 소수 이민이 아니라 대형 '엑소더스'가 아닌가. 이유가 뭘까? 한동안 소식이 뜸하던 친구가 말레이시아에서 보내온 편지에 솔깃한 내용이 가득했다.

"여기 와 사니까 보기 싫은 거 안 보고 듣기 싫은 말 안 들으니 마음이 태평이라네. 그곳에 희망이 있던가. 자네도 오면 좋을 텐데…."

얼마 전까지만 해도 누구 못지않게 나라 걱정을 하며 '노블리스 오블리주'를 외치던 친구였다.

나라의 명운을 걸머지고 국정을 쥐락펴락하는 세력에게 던지는 원로들의 처방전은 간곡하고도 눈물겹다. 어떤 분은 "지식도 경험도 없는 일부 세력이 오기로 나라를 이끌어 수렁으로 빠져들고 있다. 배고

픈 백성은 아랑곳하지 않고 생뚱맞은 말만 늘어놓는다. 뭐가 뭔지 똥
오줌도 구별 못한다"고 울분을 터뜨렸다. 또 어떤 분은 "한때 운동권
에서 활동한 걸 마치 훈장처럼 달고 지도자 행세를 하려는 게 큰 문
제라고 탄식했다."

그렇다면 '돌팔이'들의 처방전이 문제란 얘기다. 오기에 찬 정책은
오락가락에 좌충우돌, 게다가 조자룡이 헌 칼 쓰듯 마구 휘둘러 대니
갈수록 오금이 저릴 지경이란 것이다. 막무가내 처방으로 신뢰를 잃
은 지도 오래다. 정치인, 법조인, 의사, 컨설턴트도 신뢰가 무너지면
누가 믿고 따를 것인가.

불심(佛心)이 깊은 어느 분은 "국정을 다루는 사람은 국민에게 다른
건 못하더라도 최소한 3대 보시(布施) 중 최소한 무외시(無畏施)는 꼭 실
천해야 한다"면서 이토록 불안감과 공포감을 연출하는 건 지도자로서
죄를 짓는 것이나 다름없다고 했다.

깊은 경륜과 덕망을 갖춘 원로들은 유능한 '사회 의사(Social doctor)'
임에 틀림없다. 그분들이 내리는 국가 사회에 대한 진단과 바른 소리
는 '양약(良藥)은 입에 쓰다'는 이치대로 듣기 거북할 것이다. 하지만
옳고 바른 처방임이 분명하다. 그런데도 옳은 처방은 허공을 맴돌 뿐
이다. 들어야 할 대상이 듣는지 외면하는지 도무지 알 수도 없다. 귀
가 어둡다면 보청기라도 착용할 텐데, 전혀 약발이 안 서는 걸 보면
아예 무시하는 듯하다. 자신들이 중병에 걸린 사실조차도 모르는 게

아닐까?

환자는 의사 처방대로 실천해야만 병을 고칠 수 있고, 국정운영자는 원로의 권고와 국민 여론을 귀담아 들어야만 태평성대를 꿈꿀 수 있다. 그런데 아예 병원 갈 생각조차 안 하는 환자는 묘지부터 잡고 초상날도 미리 예약해 두는 게 급선무일 것이다. 그냥저냥 살다가는 자신은 그렇다 치고 딸린 가족과 어린 자식들의 장래는 어찌될까. 원로들의 처방과 국민 여론을 무시하는 지도자들의 병세가 극에 달하면 백성의 고초만 더 커질 터. 죽은 다음에 쓰는 사후약방문이 되지 않으려면 제발 더 큰 화를 당하기 전에 치료를 받아야 할 것이다.

경영 개선 처방전을 회사에 전하면서 나는 간곡히 당부했다.

"회사가 생존하고 발전하기 위해서는 무엇보다도 처방대로 '실천' 하는 게 최우선입니다. 아무리 명약을 처방하더라도 실천하지 않으면 아무 소용이 없습니다. 세상엔 불로초가 따로 없듯 만병통치약도 없습니다. 성실하게 이행하세요. 개선하는 과정에는 저항감과 피로감이 따를 것입니다. 하지만 극복하고 그 벽을 뛰어넘어야만 합니다. 그러면 기업의 번영과 함께 장수(長壽)를 기약할 수 있습니다. 안 그러면 기업의 수명을 보장할 수 없다는 게 경험법칙입니다."

나도 혹시 돌팔이는 아닌지 두려워하면서 몇 번 다짐하듯 설명을 했다.

우리를 외롭게
하는 것들

　　사노라면 외로울 때가 많다. 하긴 인간이 태어날 때 고고(呱呱)의 울음을 터트리는 것 자체가 외로움의 표시란 말도 있다. 군중 속의 외로움이란 말도 있고, 환호 속에서도 외로움을 느끼는 경우가 있다.

　어렸을 적 친구들은 팽이 돌리고 구슬치며 노는데 혼자 지게 지고 산에 오를 때, 들끓던 해수욕장에 인적이 드물 때, 추수가 끝난 논바닥에 볏집만 덩그러니 남아 있을 때, 어머니 품을 떠나 먼 길을 나설 때, 연인이 소식을 끊고 연락이 두절될 때, 가족과 멀리 떨어져 자주 보지 못할 때, 죽음이 서로를 갈라놓을 때, 자녀가 출가하여 텅 빈 새 둥지처럼 집안이 쓸쓸해질 때, 북적이는 인파 속에서도 자신을 알아보는 이가 없을 때 외로워지고, 모임에서 정치와 종교 문제를 놓고 서로 옥신각신 언성을 높일 때, 우리는 허망하고 쓸쓸하다.

성서에는 그리스도 예수가 어린 나귀를 타고 예루살렘 성에 입성할 때 군중들이 환호하는 모습이 그려져 있다. 메시아의 입성을 기뻐하며 종려나무 가지를 꺾어 길 위에 깔고 윗옷을 벗어 나귀 발밑에 (카펫처럼) 장식하면서 호산나(Hosanna, 하나님을 찬양하는 말)를 연발하며 환호성을 높였다는 대목이다. 그런데 며칠 뒤, 군중들은 언제 그랬냐는 듯 예수를 철저히 외면하고 말았다. 예수가 로마 총독 '빌라도'의 고난(재판 당시 군중들은 오히려 예수를 십자가에 못박으라고 아우성을 쳤다)을 받아 십자가를 지고 골고다 언덕을 오를 때, 군중들은 못 본 체 등을 돌렸다. 그때 그리스도가 느낀 외로움은 어땠을까. 처절한 배신감을 느끼지 않았을까? 이리하여 유대민족은 역사에 치명적인 오점을 남기고 말았다.

나도 살아오면서 수많은 외로움을 겪었다. 일곱 살에 아버지를 여의고 그때부터 어머니와 떨어져 객지에서 학교 다닐 때, 방학이면 홀로 계시는 어머니를 뵈러 시골에 갔다가 서울 가는 버스를 타러 산모퉁이를 돌아설 때, 새벽에 신문 배달을 하고 호떡으로 끼니를 때우며 학교에 갈 때, IMF 사태로 사업이 곤두박질쳐 회생 방안을 찾고자 늦은 밤 회사에 홀로 앉아 고민하던 때, 가야 할 방향을 잃고 망연자실 헤맬 때 사무치는 외로움을 느꼈다.

개인적인 사연으로 느끼는 외로움도 있지만 세상이 우리를 외롭게 하는 것도 많다. 불평등한 사회구조, 가진 자와 못 가진 자의 간극,

권력자로부터 억압과 폭력을 강요당하는 피지배자의 처지를 볼 때, 자신은 그것이 옳다고 믿지만, 그와는 정반대되는 상황이 창궐할 때, 훌륭한 지도자로 믿고 투표했더니 실망만 안겨 주는 지도자를 볼 때, 우리는 분노와 외로움을 느낀다.

선진국을 보면 여러 제도와 삶의 모습이 철저하게 국민 위주라는 것을 느끼게 된다. 그 나라 지도자의 멋진 모습도 보게 된다. 낯설기도 하지만 합리적이고 정의롭다는 부러움을 갖게 될 때, 우리나라의 후진성이 화나고 슬프고 외로워진다.

언제부터인가 우리 사회에 '더불어'란 말이 유행이다. 광고에도 'Happy Together'란 카피가 등장하고 정치권에는 '더불어'를 딴 당명(黨名)까지 생겼다. 사람 인(人)자를 봐도 서로 기대야 된다는 한자풀이가 '인간은 사회적 동물'이란 점을 뒷받침하고 있다. 서로 더불어 산다면 훨씬 덜 외롭고 덜 슬플 것이다.

세상의 지도자들은 사리사욕과 부귀영화를 접어두고 부디 '백성의 눈물을 닦아 주고 외롭지 않게 하는 일'에 매진해야 되지 않을까 싶다. 그것이 바로 당신들의 책무이니까.

너무 늦은
정의

　　2017년 6월 22일. 서울중앙지방법원 421호 법정에는 무거운
침묵과 긴장감이 흘렀다.

　　"피고인은 무죄."

　　재판장의 선고가 낭독되었다. 이 나라 민주화와 인권옹호, 사회정의
를 위하여 평생 기여해 오신 한승헌 선생(전 감사원장, 변호사)이 억울한
누명을 쓰고 반공법 위반으로 1심에서 유죄판결을 받은 지 무려 42년
만에 나온 재심 무죄판결이었다. 평균수명이 얼마 안 되던 시절 같았
으면 한 사람의 생애가 담긴 길고 긴 세월이 지난 후에야 밝혀진 진
실이었다.

　　선생은 혹독했던 군사독재 시절, 한국엠네스티 창립 과정부터 인권
옹호운동의 선봉에서 사형제도(사법살인)를 반대했고, 생명의 존엄성을

강조한 에세이 〈어떤 弔辭〉를 군사정권이 공연한 트집을 잡아 구속 기소, 재판까지 하는 만행을 저질렀다. 평소 선생이 민주화와 인권운동을 하면서 사회정의를 외면하는 독재정권에게 바른 소리, 쓴소리를 자주 한 것에 대한 보복이었던 것이다. 당시 사회적 반응은 (키에르케고르가 말한 대로) 법은 폭력에 의해 이미 파괴되었고 폭력정권이 휘두르는 총칼만 남았다고 했다. 그야말로 야만이 횡행하던 시절이었다.

재판 과정에서는 문단의 저명한 작가들(이어령, 안수길, 박연구 선생 외)이 검찰의 기소가 터무니없는 누명 씌우기라는 사실을 누누이 증언하였고, 선생을 변호하기 위해 무려 230명의 변호인단이 구성되었으며 미국, 독일, 일본 등 국제엠네스티 회원국들의 탄원과 성원이 줄을 이었다. 하지만 권력의 시녀 노릇을 하던 법원은 징역 1년 6월 실형을 선고했고 대법원은 유죄를 확정, 변호사 자격 박탈까지 하고 말았다.

그 후 선생은 오랜 세월 고난의 삶을 살아냈다. 9개월이나 영어(囹圄)의 몸이 되었다가 풀려났으니 건강도 나빠지고 직업도 박탈되어 새 일자리를 찾아야만 했다. 가족 생계와 자녀 교육비도 걱정이었다. 가족들에게도 감내하기 어려운 인고의 삶이 시작되었다.

문필가이기도 한 선생은 할 수 없이 북아현동 뒷골목 허름한 건물 2층에 '삼민사(三民社)'라는 출판사를 차렸다. 직원은 단 2명, 어렵게 시작한 데다 펴내는 책마다 정권이 싫어하는 정의, 민주주의, 인권옹호 등을 다룬 것이어서 판금(판매금지)당하기 일쑤였으니 가난을 면치 못했다. 그래도 선생은 면기난부(免飢難富)와 청렴정신을 강조하며 대쪽같은 선비 자세로 일관했다.

그 후 8년 만에 복권되어 변호사 활동을 다시 하면서 지금까지 여러 주요 직책을 맡아왔지만 가정경제는 선생의 말씀대로 '돈과는 거리가 먼' 상태다.

42년 전, 1심 판결하던 날의 법정 모습이 떠오른다. 좁은 법정은 방청객으로 입추의 여지가 없었다. 판사는 판결문을 낭독하자마자 판결문을 서기에게 휙 던져 버리고 빠른 걸음으로 법정을 나가 버렸다. 얼굴에 짜증이 가득해 보였다. 왜 그랬을까? 국민의 관심이 집중된 사건이어서 긴장되었을까? 아니면 법관으로서 전혀 죄가 성립될 수 없는 이 사건을 유죄 판결하자니 죄책감이 들었던 것일까? 혹시 운이 나빠서 이 사건을 배당받게 되었다고 운수 타령은 하지 않았을까? 여러 가지 상상을 하게 되는 정황이었다.

재심 판결이 선고되던 날, 법원 뜰에서 기자회견이 있었다. 선생은 이렇게 소감을 발표했다.

"42년 만의 무죄판결에 기쁨보다 착잡함이 앞선다. 집권자의 권력 놀음에 목숨까지 잃어야 했던 여러 참변에 분노하지 않을 수 없다. 독재권력의 탄압 수단으로 사법절차와 형벌이 악용되어서는 안 되며, 그러한 압제자의 사법제도 농락에 법원이 무력하게 휩쓸리는 치욕은 절대로 되풀이되어서는 안 될 것이다. 과거 독재 치하에서 전과자 누명을 쓰고 사법살인 같은 참변을 당한 분들께 빚을 진 것 같다."

압제자의 횡포로 억울한 누명을 쓴 채 사법의 이름으로 사형당한 피해자들을 염두에 둔 말씀으로 생각된다.

41세에 억울하게 구속 기소되어 재판을 받고 42년이 지난 83세에 재심 무죄가 된 선생은 영국 정치가 윌리엄 글래드스턴의 말을 인용해 "너무 늦은 정의는 정의가 아니다"라고 했다. 독재정권에 의해 생명의 위협과 인권을 송두리째 박탈당하고 가정경제의 터전마저 무참히 짓밟아 버리는 만행을 당한 선생의 소중한 삶은 무엇으로 보상될 것인가.

선생은 사법제도개혁추진위원장으로 재직하는 동안 공판중심주의 강화와 피의자 신문조서 증거능력 제한, 재정신청제도 확대 등을 이끌어 냈다. 한결같이 사법부와 검찰이 권력에 휘둘리거나 동조자, 추종자가 되어서는 안 된다고 강조해 온 선생의 헌신과 희생이 이 나라의 정의, 민주주의, 인권 신장의 초석이 되었음을 우리는 잘 알고 있다. 선생이 올곧은 법조인으로, 사회 질병을 치유해 온 소셜 닥터로서 우뚝 서 계셨기에 우리가 희망을 잃지 않고 모진 세월을 극복할 수 있었다고 믿는다.

선생은 시집 《하얀 목소리》에 실린 시 〈백서〉에 이렇게 썼다.

거센 바람이야 어제오늘인가
아직은 목마름이 있고
아직은 몸부림이 있어
시달려도 시달려도 찢기지 않는 꽃잎 꽃잎
꽃잎은 져도 줄기는 남아
줄기 꺾이어도 뿌리는 살아서
상처 난 가슴으로 뻗어 내려서
잊었던 정답이 된다.

오늘도 나는 선생이 고난받던 시절에 연하장에 써서 보내 준 '소망 중에 즐거워하며 환난 중에 참으며'라는 성서 글귀를 읽고 용기를 얻고 있다. 선생의 시집 《노숙(露宿)》의 시구, '우리에게 메시아는 없다. 쓰고 지우고 다시 새기는 당신의 노래가 오늘이 되게, 내일이 되게 하라'는 메시지를 되새기며 하루를 시작한다.

제2부
살며 생각하며

책으로 부른
갈망의 노래

오랜 세월을 함께 해 온 한 동지(同志)의 출판사(이지출판사 서용순 대표) 개업식에 갔었다. 수필가이자 출판전문가로 활동해 온 그를 축하해 주고자 문단·출판계 인사들과 각계각층의 하객들로 성황을 이루었다. 내빈 중에는 군사독재정권 시절 민주화운동, 인권운동, 사회정의를 위해 투쟁한다는 이유로 구속 기소되어 영어의 몸이 되면서 변호사 자격까지 박탈당하고 한때 출판사를 경영했던 한승헌 변호사도 오셨다.

축하 순서를 진행하게 된 나는 그날의 주인공에게 최초로 출판을 가르쳐 준 스승이기도 한 그 어른께 먼저 축사를 부탁드렸다. 22년 전, 서 동지가 그 출판사의 편집장으로 근무한 인연이 있기 때문이었다.

"그때는 안 팔리는 책, 판금(販禁) 당하는 책만 골라서 출판했습니다. 그러다 보니 함께 일한 직원들도 경제적으로 고생할 수밖에 없었습니다. 앞으로 이 회사는 그때와 정반대로 해나가면 잘 될 것입니다.”

한 선생의 축사를 듣고 내빈들의 입에서 아, 하는 탄식이 흘러나왔다. 그분의 출판사는 군사독재정권의 거친 바람이 모질게 불어닥쳐 현실과 미래가 암울하던 시절에 ‘삼민사(三民社)’란 간판을 걸고 안 팔리는 책만 골라서(?) 출판하였다. 사회정의와 민주주의 그리고 인권 회복을 부르짖는 책들이었으니 판매 실적은 바닥이었고, 독재정권은 이를 눈엣가시처럼 여겼다.

그러다 보니 재정은 말할 수 없이 어려워 인건비는 물론 제작비를 대기에도 몹시 힘겨웠다. 하지만 그런 어려움 속에서도 책은 쉬지 않고 출간되었다. 《길을 묻는 그대에게》《내릴 수 없는 깃발을 위하여》《하늘땅에 바른 숨 있어》《이 땅의 젊은이들에게》 등이 그때 나온 책들이다. 이 책들은 누가 봐도 그 시대를 선도하는 ‘양서(良書)’임에 틀림없었다.

계절은 바뀌어도 늘 엄동설한과 같았던 그 시절, 민주주의는 실종되고 인권은 무참히 짓밟혔으니 나라 전체가 해 뜰 날이 없는 동토였다. 정의에 굶주리고 속박의 추위에 떨며 너나 할 것 없이 ‘울밑에 선 봉선화’처럼 곧 떨어질 꽃잎의 처지로 살고 있었다.

하지만 그때는 뜻있는 지성인과 국민에게 인간다운 삶의 터전을 이루고자 하는 소망과 열정이 있었고, 악몽 같은 시대를 전환시키고자 부르짖는 ‘깃발’이 있었다. 그리고 내 한 몸보다 더 값지고 높은 것을 위하여 고난과 희생을 감내하는 시대정신이 도도하게 흘렀다. 문단 인사들도 잘못된 세상 구조와 고단한 삶을 이어가는 국민들에게 초점을 맞추고 있었기에 정의로운 세상을 갈망하는 글들이 봇물처럼 발표되었다.

한 선생은 억울한 옥고를 치르고 난 후 (변호사 자격까지 박탈된 처지에서) 생계문제, 자녀교육 등이 막막한 상황이었다. 그때 생업 삼아 차린 그 출판사에 맹렬 사원으로 지금 창업한 서 동지가 있었다. 출판사가 겪는 재정의 어려움, 1인 5역을 해내야 하는 고단한 여건 속에서도 그는 밤낮없이 일에 몰두했다. 저자를 만나는 일, 편집, 교정, 인쇄, 제본 등 출판의 전 과정을 거의 혼자 해냈으니 치열하게 일했다는 표현밖에 쓸 말이 없다.

어떻게 그리할 수 있었을까. 그가 평소에도 불의를 그대로 두고 못 보는 성품이긴 하지만, 몸살을 앓으며 살아가는 민초들과 고난의 시대를 함께 겪으면서 군사독재가 부리는 횡포에 늘 분개했었다.

그가 뜻맞는 이들과 만나면 깡소주잔을 기울이며 소주 판매량 증가에 일조했으니, 무엇이 그의 열정에 불을 지폈는지 알고도 남음이 있다. 그런 연유가 그에게 강렬한 사명감을 심어 주었고, 타고난 책임감이 더해져서 그렇게 열정적으로 일하게 된 듯싶다.

돌이켜보면 그 시절에 펴낸 책 속에는 '새 시대를 향한 갈망의 노래'가 담겨 있었다. 이런저런 트집으로 유난히 금지곡이 많은 시절이었으니 노래도 자유롭게 부를 수 없었다. 그래서 부르고 싶은 노래 가사를 책 속에 담지 않았던가. 그 책들이 의식 있는 국민들에게 읽혀서 성숙한 시민의식을 고취시키고 끝내 '시대의 전환'을 가져왔다고 믿는다. 그와 같은 질곡의 시대를 살아온 백성들에게 정신적 양식과 푯대가 되어 준 게 바로 양서(良書) 아니겠는가.

서 동지는 언제나 옳고 바른 정신과 자세를 지니고 있다. 시대정신을 지닌 작가로서 편집자로서 지금까지 지내온 과정이 이를 입증한다. 그의 글에는 작가정신이 배어 있다. 단아한 여성이지만, 그의 글은 장엄하고 대장부다운 웅지를 품는다. 그래서 독자들이 '나이든 남성'으로 착각한다는 에피소드도 있다.

그는 나의 문우(文友)이자 동지다. 지난날 어둡기만 했던 군사독재 시절 함께 일했고, 여러 봉사단체에서 함께 봉사하며 나의 책을 출판해 준 분이다. 늘 순수하고 진지한 그의 인간관계는 배려로 시작되고 포용으로 지속된다. 그래서 '소녀 할머니'라는 닉네임이 붙는다. 벌써 달관의 경지에 이른 듯하다. 그를 만나는 모든 사람은 곧 그의 팬이 되고 만다. 인간적 신뢰와 호감을 주기 때문일 것이다. 그러기에 연령으로 보면 내가 더 오래 살았지만, 나는 서 동지를 늘 인생 선배로 여기고 있다.

같은 곳을 바라보며 새 시대를 향한 소망의 촛불을 함께 밝혀 온

서 동지가 오랜 세월을 두고 숙성시킨 '이지출판사'가 드디어 출범되었다. 지난날 그의 손을 거쳐 나온 책들이 잘못된 시대의 전환을 촉진했듯이, 오늘 우리 사회가 안고 있는 여러 문제도 앞으로 출판될 양서들이 토양이 되어 세상을 바꾸어 갈 것으로 기대한다.

새로 창업한 출판사는 아직은 조촐하다. 그러나 성경에 쓰인 대로 "네 시작은 미약하나 그 끝은 창대할 것"이란 진리에 소망을 건다. 재정적으로도 그러길 바라지만 펴내는 양서의 질(質)과 양(量)적인 면에서도 그러하길 고대한다.

사무실 현판에는 붉은색으로 선명하게 '책으로 여는 세상'이라는 슬로건이 마치 독립선언문처럼 걸려 있다. 그가 펴내는 책들로 세상이 열리고 더 좋은 모습으로 바뀌어 갈 것을 굳게 믿는다. 그리고 그가 지금까지 해온 것처럼 인간 회복을 추구하는 그의 문학작품에서, 또 그가 펴내는 수많은 책 속에서 그가 지향하는 '책으로 여는 세상'이 사철나무처럼 늘 푸르고 울창하게 펼쳐지길 갈망한다. (2005년 에세이문학)

성형 천국과
자존감의 몰락

필자의 연구소가 있는 건물엔 유난히 여성들이 많이 드나든다. 1층 로비와 엘리베이터에는 선글라스를 낀 젊은 여성, 얼굴 전체를 붕대로 감은 중년 여성, 다리에 깁스를 하거나 몸 전체를 붕대로 감은 여성, 각양각색의 모습들로 늘 만원이다. 모두 성형외과에 다니는 거다. 모녀가 함께 오기도 하고 심각한 수술 부작용으로 고생하는 모습도 보인다. 요즘은 고등학교 졸업 시즌이 되면 부모가 선물로 성형수술을 해 주는 게 유행이란다. 취업 시즌이 되면 젊은 청년들도 성형 대열에 줄을 선다.

성형외과 부근의 커피숍은 환자 유치 마케팅이 한창이다. 성형외과 영업사원이 여성 몇 사람을 앉혀 놓고 수술비 견적을 내느라 바쁘다. 중국인 단체는 대폭 할인, 여고 동창이나 여대 동창생을 소개하면 인원수에 따라 비용이 할인된다. 동창회장이나 총무가 동창생을 소개하면 소개인은 전액 무료로 수술이 가능하단다. 손님을 유치해 온 사람은 무료 수술에다 커미션도 지급된다.

　단체 손님을 소개하고 수천만 원 소개료를 받은 브로커가 처벌받게 되었다는 뉴스도 들렸다. 소고기 부위별 가격표처럼 눈, 코, 입, 이마, 턱, 유방, 복부 그리고 저 아래 부위에 대한 수술 가격도 나와 있다. 말하는 과정에서 그 영업사원은 야하지 않게, 또 거북하지 않은 단어를 골라 청산유수로 고객을 사로잡는다.

　수술할 때의 기본 모델은 거의 비슷하다. 그러니까 성형수술 받은 얼굴은 비슷비슷하다. 누가 누군지 구분이 잘 안 된다. 수술할 때 닮고 싶은 모델을 모두 동일하게 택했기 때문이다. 금형 틀에서 찍어 낸 공산품처럼 말이다.

　돈 잘 버는 성형외과 의사들의 탈세, 불법 수술도 문제로 떠올랐다. 무면허 기술자(의료기 제조회사 기술자)가 수술을 하고 거꾸로 그 옆에서 의사가 기술을 배운단다. 상담은 의사가 하지만, 수술은 보자기로 얼굴을 가리고 마취상태에서 기술자가 하니까 환자는 그 사실을 전혀 모르게 된다. 부작용이 생기고 시비 과정에서 누가 수술을 했는지가 밝혀지는 거다.

　요즘 공항 출입국장이 대혼잡이란다. 여권 사진과 딴판인 실제 얼굴을 대조하느라 진땀을 뺀단다. 결국 병원이 발급한 '동일인인증서'가 등장해야 출국이 가능하다니 그야말로 성형 천국이 되고 말았다.

성형 인구가 늘면서 천국 문 앞은 긴 줄을 서야 되고 주민등록증 사진과 얼굴을 대조하느라 저승사자들이 과로사할 지경이라는 자조 섞인 말도 있다.

어린 중학생들에게도 '화장'이 유행이다. 여중생 78%가, 심지어 초등학생 8%가 화장을 한다고 한다. 이유는 '예뻐지려고'다. 연약한 피부에 화장품을 바르면 해로울 뿐 아니라 호르몬 분비에 이상이 생겨 정상 발육이 방해된다는 게 전문가의 진단이다. 화장품에 들어 있는 방부제, 파라핀, 페녹시에탄올은 알레르기를 일으키고 살균보존제인 캅탄, 부틸하이드록시아니솔은 소화기관의 유전자 이상을 일으킬 수 있다니 화장이 얼마나 위험한가. 예뻐지려는 욕망이 여성의 본능이라고 하지만, 걱정스럽기 짝이 없다.

얼굴 성형은 물론이고 살 빼는 데도 열중이다. 깡말라 보이려고 금식은 기본이고 살 빼는 약까지 먹다가 부작용으로 고생하기도 한다. 돈 들이고 고생해 가며 건강을 해치고 있다. 이런 풍조가 만연된 가운데 프랑스에서는 몸무게 40kg 이하의 모델은 활동할 수 없도록 법으로 규제하고 있다는 소식이 전해졌다. 국민 건강을 걱정한 조치일 텐데 우리나라도 깡마른 사람은 대중 앞에 나서지 못하게 하고 취직도 못하게 하는 법을 만들면 어떨까?

그나마 다행인 것은 요즘 예전 얼굴로 돌아가려는 '복원 수술'이 급증한단다. 예쁘게 생긴 똑같은 모델을 걸어놓고 수술을 하다 보니 천편일률적인 '붕어빵 미인'이 대량생산되어 개성미와 자연미가 사라져 본래의 모습으로 되돌아가려는 것이리라. 어느 정치인이 여기자들에게 "자연산이냐?"고 물어 곤욕을 치렀다지만, 본래 모습이 가장 아름다운 것이다.

옛날에는 부모가 남겨 준 머리카락도 불효가 될까 두려워 자르지 않은 시대가 있었다. 생각해 보니 필자가 지금까지 보아온 수많은 미인들 대부분이 성형수술 받은 얼굴이었다니 씁쓸하기만 하다. "원래 성형은 전쟁 중에 다치거나 사건 사고로 상처를 입었을 때 해야 되는데, 예뻐 보이려는 욕망만으로 마구 뜯어고치려는 생각은 큰 잘못"이란 성형외과 의사의 말을 되새겨야 할 것이다.

옛말에 '미인박명(美人薄命)'이란 말이 있다. 또 '예쁘면 팔자가 드세다'고도 했다. 이유가 뭘까. 뭇사람(남성들의 치근댐, 여성들로부터는 시기의 대상)들에게 시달린다는 뜻도 있고 부대끼면서 산다는 의미가 담겨 있다. 그러니 오래 살고 싶으면 예뻐지려는 노력은 이제 그만해야 되지 않을까?

필자는 한때 어느 여성 탤런트의 팬이었다. 미인은 아니고 그저 수수한데다 시골 아낙네 역할을 실감 나게 연기하는 모습이 좋았다. 그런데 어느 날 TV 화면에 나타난 얼굴을 보고 깜짝 놀랐다. 처음엔 누군가 했다. '보톡스' 주사를 맞아 몹시 부풀어 오른 모습이었다. 벌에

쏘였나 싶었지만 그게 아니었다. 이마, 볼, 턱, 눈까지 퉁퉁 부어 얼굴 표정조차 몹시 불편해 보였다. 자연스럽게 늙어가면 주름살 하나에도 연륜이 묻어나고, 새치라고 우겨대던 흰머리가 곱게 물들면 얼마나 아름다울까. 곱게 물든 낙엽이 봄꽃보다 더 아름답다는 말이 떠오른다. 그 탤런트는 오늘 열성팬 한 사람을 잃었다.

성형 수술로 얼굴도 예뻐지고 품격도 쌓게 된다면 얼마나 좋을까. 하지만 유감스럽게도 억지로 꾸며 만든 외모는 오히려 추하고, 품격도 외모에서 나오지 않는다. 타고난 원래 모습을 숨겨두고 억지로 예뻐 보이려 수술로 바꾼다면 자존감은 무너지고 품격에는 마이너스가 될 수 있다. 품격이란 성숙된 내면에서 우러나오는 것이기 때문이다.

(2016년 1월 책과 인생)

형이상학적인
삶

　　십 년이면 강산이 변한다는 그 변화의 주기가 여러 번 바뀌었으니 내가 태어난 지도 꽤 오랜 세월이 흘렀다. 살아온 날보다 살아갈 날이 얼마 남지 않았다는 사실을 깨닫게 되면서 쫓기듯 뭔가를 자꾸 생각하게 된다. 여생을 어떻게 살 것인가, 즉 삶의 보람과 가치를 무엇에 둘 것인가 하는 고민이다.

　지금까지 여러 일을 해 왔다. 한 산업 분야에 투신하여 그 분야의 근대화를 위해 밤낮으로 일했으며, 오랜 세월 열정을 갖고 인재를 양성, 1개 사단 병력 인원수만큼 배출했다. 돌이켜보니 잘한 것도 더러 있지만 잘못한 것도 참으로 많다. 나 자신의 '인생역경곡선도'를 그려보니 살아오면서 성공과 실패를 수없이 거듭해 온 게 유리알처럼 드러난다.

나이든 사람들과 대화를 나누면, 뭐니 뭐니 해도 건강이 첫째란다. 지당한 말씀이다. 그러니 잘 먹고 잘 놀고 마음 비우고 즐겁게 사는 게 최고의 삶이라고 강조한다. 또 세상을 하직하기 직전에 '세 가지 걸'이란 후회가 있으니 죽기 전에 실천하라고 일러준다. '첫째는 즐길 걸, 둘째는 베풀 걸, 셋째는 참을 걸'이란다. 이에 더해 "세상 돌아가는 건 아예 신경을 끄라. 나쁜 건 보지도 말고 듣지도 말라"고 목청을 높인다.

오래전 초등학교 은사께서, 내가 늘 가르치는 일에 관심을 갖고 강단에 자주 선다고 하자 제안을 해 오셨다. 낙후된 섬이나 오지에 가서 가난한 아이들을 가르치자는 말씀이었다. 나도 마음속으로는 공감하면서도 실천에 옮기지 못했다. 가장으로서의 입장과 하고 있는 일 등 여러 사정이 있었지만, 그 말씀이 매우 뜻있는 일이라고 생각했었다. 그래서 늘 빚진 마음으로 가르치는 일을 오랫동안 해 온 것 같다.

문득 93세 된 지리학자가 민족의 유산인 아리랑의 역사를 찾아 중국으로 러시아로 10만km 대장정을 마치고, 또다시 답사 계획을 세우는 모습을 보고, 나 자신이 무위도식하는 게 아닌가 뒤돌아보게 되었다. 일본 와세다대학 '후쿠가와 유키코' 교수가 '어떻게 살 것인가'란 화두로 쓴 글을 읽으면서 나도 뭔가를 계획하고 실천하는 삶을 살아야겠구나 하는 생각을 하게 된다.

오늘밤은 '니체'의 글을 통해 그를 만나본다. 그는 늘 '인간은 어떻게 살아야 할 것인가'를 고민한 철학자다. 그가 강조한 '주체적 삶'이란 어떤 것일까? 안이한 일상, 권태로운 삶, 도시에 살면서 전원생활을 꿈꾸는 사람들, 반복되는 일상을 지루하게 느끼면서 뭔가 가치 있는 일을 동경하는 사람들….

나도 그중의 하나다. 젊어서처럼 생산성은 떨어지지만 나름대로 기본생활은 할 수 있을 게다. 적으면 적은 대로 연금이 '엥겔계수'를 해결해 줄 테고, 고문료에 강연료가 보태지면 기초생활은 해 나갈 것이다. 그러면 그냥저냥 살아가면서 건강만 챙기고 세상은 외면하고 침묵하며 형이하학적(形而下學的)으로 살 것인가를 생각하다가 아무래도 무위도식하는 것 같아서 형이상학적(形而上學的)으로 마음을 바꾸어 본다. 그리고 의미와 보람 있는 일을 구상해 보는 거다.

세상을 바꾸거나 나라를 구하지는 못하더라도, 소박하게나마 지금까지 글줄이나 읽고 써왔으니 비싼 종잇값 들여가며 요설(妖說)을 늘어놓아 세상을 어지럽게 할 것인가, 아니면 사과나무 한 그루라도 정성들여 심을 것인가, 나는 오늘도 그 경계선을 넘지 못하고 중간에서 헤맨다.

(2016년 에세이문학)

풍화(風化)하는 영혼

오랜만에 네 돌 된 외손자 손을 잡고 양재천 산책로로 봄마중을 나갔다. 산책로에 들어서자 따사로운 햇살이 대지를 일깨우고 버들가지 몽우리는 수줍은 듯 고개를 내밀고 있다. 그 옆에 백로 한 마리가 외발로 서서 망중한을 즐기고, 물에선 새끼 잉어 한 마리가 물줄기를 가르고, 눈앞에 펼쳐진 세상이 신기한 녀석은 끊임없이 질문을 했다.

"꼬꼬야(새)는 어디로 가는 거야? 집에 가는 거야?"

인기척에 외발로 서서 망중한을 즐기던 백로가 날아가 버리자 손자가 묻는 말이었다. 홀로 헤엄치는 잉어를 보자 또 물었다.

"물고기는 왜 혼자 있어? 엄마 고기는 아파?"

새 둥지를 걱정하고 엄마 물고기의 안위를 묻는 아기에게 대꾸해 주던 나는 순간 흠칫 놀랐다. 천사같이 해맑은 영혼 앞에서 보신(補身)을 떠올렸던 것이다. 곰쓸개를 찾아 동남아로 떠나는 군상들을 향해 그토록 욕을 해 온 터에 잠시라도 그런 생각을 하다니, 몹시 부끄러웠다.

봄을 맞는 냇가 풍광을 바라보며 이런저런 생각에 잠겼다. 바야흐로 만물이 소생하는 계절, 새로 태어나는 생명들은 모두 싱그럽고 깨끗했다. 전혀 오염되지 않은 태고의 모습, 바로 그것이었다. 함께 걷고 있는 아기의 영혼도 그러하리라. 그에 비하면 내게서는 온갖 냄새가 날 터였다. 성장은 불순(不純)에 다가가는 것이라더니, 나의 영혼은 이미 나이테가 차서 성장 단계를 지나 석고처럼 굳어 버렸기 때문이다.

집에 돌아오니 우편물이 한 보따리 와 있다. 우편함은 언제나 배가 불룩한 과식 상태다. 우편물 속에는 선거를 겨냥한 선전물도 끼어 있다. 대개는 자기 자랑이고 상대방 헐뜯기 내용이니 공해물일 뿐이다.

평소엔 멀쩡하던 사람도 일단 선거판에 나가면 이성을 잃는다. 국가지도자는 말할 것도 없고 종교단체장, 고매한 인품을 자랑하는 문단 대표를 뽑는 데도 일단 판만 벌어지면 비방과 선동으로 난장판이 되고 만다. 공천을 받기 위한 돈보따리가 난무하고 파벌과 반목은 약방의 감초처럼 빠지는 법이 없다. 심지어 페어플레이를 최고 덕목으로 삼는 체육계도 마찬가지다. 앞으로 몇 년간 이런저런 선거로 광풍이 휘몰아칠 테니 세상은 얼마나 더 요란한 꽹과리 소리를 낼까.

올해가 개띠 해(丙戌年)라서 그런지 세상이 온통 개판이다. 전에도 그랬지만 요즘도 매스컴을 대하기가 싫다. 전에는 신문 만화 보는 재미라도 있었건만 이제는 그마저도 없어졌으니 더 그렇다. 보도 내용 이래야 온갖 부정과 비리로 얼룩진 것뿐이니 마치 악마가 입은 누더 기옷을 보는 것 같다. 하나같이 물질, 명예, 권세를 좇다가 하루아침에 패가망신하고 천길 나락으로 떨어지고 있으니, 이건 개(犬)의 영혼만도 못하지 않나 싶다.

며칠 전 사무실을 이전하다가 해묵은 보따리를 발견하였다. 오래전 사업상 공산권 국가에 다닐 때 쓰던 선물용 상자였다. 당시 그 나라 사람들은 물질 앞에 무기력한 모습이었다. 개방의 물결이 밀려들면서 부정부패가 판을 치고 양심마저 실종되었었다.

보따리 속에는 미국산 '말보로' 담배와 한국산 여성용 스타킹이 들 어 있었다. 지금은 용도폐기 대상이지만 그때는 대단한 위력을 가진 '통과용 무기'나 다름없었다. 담배 한 갑에도 감동하며 하찮은 물질 에 눈을 감는 사람들을 보면서, 지난날 그들의 화려했던 문화와 정신 이 저렇게 허물어지는구나 하고 씁쓸해한 적이 있다. 하지만 따져 보 면 나도 죄인이다. 그런 상황에 보조출연을 했으니 흉볼 자격은 더더 욱 없는 셈이다.

지금 이 시점에서 다시 생각해 본다. 그로부터 많은 세월이 흐른 오 늘, 우리 모습은 과연 그들과 무엇이 다를까? 그들의 물질욕보다 우리 의 탐욕은 몇백 배, 몇천 배 더 크고 또 죄악을 저지르는 방법도 무지 막지하니 말이다.

영혼의 본향은 선(善)이라지만 세상은 이미 악으로 물들어 있다. 굶어서 뼈만 앙상한 아프리카 어린이가 타는 갈증을 달래려고 소 엉덩이에 머리를 들이밀고 소변을 마시는 사진을 보면 흥청망청 살아가는 것이 곧 죄악이란 생각을 지울 수가 없다.

'빅토르 위고'가 "영혼이 그늘에 잠기면 죄를 낳는다"고 한 그 '그늘' 속에는 잘못된 사회제도와 인간의 온갖 탐욕도 포함되지 않았을까. 불순(不純)에 다가간 성장의 산물과 헛된 탐욕들이 엮여서 잔칫집 마당에 친 차일처럼 악의 그늘을 지게 했을 것이다.

나는 오늘도 악(惡), 오(誤), 추(醜), 오(汚), 비(非), 곡(曲)으로 얼룩진 세상에 섞여 침묵하며 살고 있다. 아니, 카인의 후예로 일신상의 이해타산용 계산기로 무장하며 헤엄치고 있다. 그런 내 모습이 산책길에서 순진무구한 아기에게 들킨 것만 같아 부끄럽기 그지없다.

어려서 꿈꾸어 오던 순수함과 아름다움은 빛바랜 사진처럼 희미하기만 하다. 내 영혼의 원형에 희미한 그림자라도 남아 있다면 그나마 다행일 텐데, 무슨 방법이 없을까? 법으로 되는 일이라면 '영혼풍화 금지가처분신청'이라도 해 보련만, 그것도 아니니 원래의 모습대로 맑히고 가꾸는 영혼의 세탁소라도 있었으면 좋겠다. 이러다간 2g에 불과하다는 영혼의 무게마저 사라지지 않을까 싶다.

"어린아이에게서 가장 많은 것을 배운다"는 선현의 가르침을 따라 이제라도 손자의 영혼과 자주 만나야겠다. 그러면 나를 둘러싼 포장도 말끔히 벗겨내고 진아(眞我)를 되찾게 되지 않을까.

올챙이가 바라본
수필계

나는 문학과는 거리가 멀게 살아오다가 서정산문에 반하여 수필이라는 성문 앞을 서성거린 지 2년여가 되었다. 운 좋게도《에세이문학》을 통해 수필계의 올챙이로 다시 태어났으나, 알에서 갓 깨어나 눈도 제대로 못 뜨니 사물을 똑바로 볼 수도 없거니와, 지각 또한 미처 형성이 안 된 상태여서 보고 듣고 느낀 바가 온전치 못하다.

그런데 수면 위로 올라와 눈을 비비고 바라본 수필계는 언뜻 한눈에 잡히는 거대한 성도 아니요, 호연지기를 내뿜는 태산준령도 아닌 듯하다. 그보다는 봄바람이 수양버들 가지를 건드려 보는 잔잔한 호숫가의 풍광이요, 교교한 달빛 아래 어슴푸레하게 보이는 낙화암의 자태 같아 보인다. 어떻든 신비의 껍질을 벗기면서 새로운 세계를 바라본다는 것은 경이로움 그 자체요 기쁨이 아닐 수 없다. 수필은 이목구심서(耳目口心書)라 했으니 수준이나 함량은 제쳐놓고 수필계 산책길에 나서 보기로 한다.

먼저 내 눈에 비친 수필계는 깊고도 아름다운 사유(思惟)의 세계였다. 그곳은 온갖 감성을 생산하고 발산해 내는 샘(泉)에 틀림없다. 희(喜), 노(怒), 애(哀), 락(樂), 애(愛), 오(惡), 욕(慾) 일곱 가지 감정이 용해된 글들을 읽으면 무한한 감동을 얻는다. 수필가들은 남보다 생각이 깊은 걸까, 언어의 마술사인 걸까? 조락(凋落)의 계절, 낙엽 지는 소리를 들으며 나무의 아픔까지도 헤아려 주고, 봄날 꽃 피는 소리를 감지하면서 미구에 퍼져 나갈 향기를 미리 음미해 내는 '나노(nano)적 섬세함', 거기에다 소망과 사랑, 환희 등이 두루 용해된 작품을 통하여 삼라만상을 음영적(陰影的)으로 관찰하는 작가들의 내면세계와 높은 철학적 경지를 보게 되었으니, 이는 커다란 행운이요 충격이 아닐 수 없다.

그런데 수필계에는 남녀 성비(性比)의 불균형이 극심하다. 어림잡아 여성이 90퍼센트는 되는 것 같다. 그야말로 여인 천하, 여성 우월 시대가 실감난다. 이유가 뭘까? 남성은 감성이 여성만 못해서일까. 가솔들 생계 때문에 생활고에 쫓겨서일까. 남성은 겨우 10대 1 정도의 비율이니 공군사관학교가 여성 생도를 모집한 거나 이화여자대학교가 남학생을 모집한 것처럼 양념 숫자에 불과한 현실이 얼른 이해되지 않는다. 그래도 괴테가 "여성적인 것이 우리를 구원해 준다"고 했으니 수필계도 여성이 주축이 되어야 하는 걸로 이해해야 하는 걸까? 아무튼 수필계는 아름다운 여성 작가들로 전성시대를 구가하고 있다.

'얼굴은 마음의 표상'이라더니 아름다운 글을 쓰면 심신도 아름다워지는가 보다.

한 가지 우려는, 수필가가 지나치게 양산되고 있는 것은 아닌가 싶다. 《에세이문학》은 엄격한 등단 절차를 거쳐야 하지만, 다른 곳에선 '수필가 생산 배가 운동'이라도 벌이듯 양산하고 있다는 소문이 들린다. 시인(詩人)들도 똑같은 상황이란다. 현실이 이러하니 불량품 배출에 대한 우려의 소리가 높고, 사후 품질 관리도 걱정이란 여론이 비등하다. 어디 그뿐인가. 차마 입에 담기도 거북한 얘기지만 소위 '조건부 등단' 사례가 횡행하고 있다니 아연실색할 노릇이다. 그렇다고 '등단'을 시험제로 관리할 수도 없을 터이니, 격조를 높이는 방안은 정녕 없는 것인지 궁금하다.

또 한 가지 의문점은, 언론에서 홀대를 받는 이유가 뭘까? 이른바 신춘 문예작품 공모에서도 유독 수필만 제외되어 있다. 언제부터인지, 그 이유가 무엇인지는 알 수 없으나 분명히 그 항목은 없다. 수필도 문학의 한 장르임에 틀림없는데 왜 빼버렸을까? 독자가 없기 때문일까, 아니면 수필 수준이 저하되어 문학성이 없다고 판단해 버린 것일까? '생활의 여기(餘技)' 또는 작가 자신의 '자술서' 쯤으로 취급하여 수필가군(群)을 동호회 정도로 치부해 버리는 걸까? 이유야 어떻든 언론 측의 소홀함도 한몫하는 것 같다. 엄연한 문학의 한 부문을 제외시키는 것은 마치 신체검사 하면서 팔다리 한쪽을 떼어 버리고 보자는 것과 다를 바가 없으니 말이다.

다행히 2001년도 한 세미나에서 '한국의 수필문학 이대로 좋은가'라는 주제가 논의되었고, 이러한 현황과 문제점들이 도마 위에 오른 적이 있었으나, 그 후 어떤 움직임과 개선이 이어지고 있는지 아직 그 소식을 듣지 못하고 있다. 수필이 이런 상황에 놓인 것은 작품 소재(주제) 면에서의 한정성과 통일성에도 이유가 있다. 여러 작품에 단골로 등장하는 소재는 '자연과 나 자신'이 단연 으뜸이다. 그러니까 음풍농월(吟風弄月)이 주류를 이룬다는 것이다. 반면 우리가 살고 있는 현실 세계의 여러 문제는 소재로서 철저히(?) 배제되어 있다. 그 실례로 몇 가지 통계를 보자.

　《에세이문학》은 1982년 9월에 창간되어 2002년 9월까지 통권 79호(전신인 《수필공원》 포함)를 발간하였다. 창간 초기에는 호당 평균 33~38편의 작품을 수록하였고, 이후에는 80~112편을 수록했으므로 호당 평균 수록 작품 수를 70편으로 계산하면 지금까지 5,530여 편 이상을 게재한 셈이 된다.

　그런데 작품에서 다뤄진 소재는 천편일률적으로 '자연과 나 자신'에 관한 내용이다. 그중에서 굳이 종래의 울타리를 뛰어넘어 현실 세계를 겨냥해서 쓴 글을 찾으라면(가뭄에 콩 나듯 찾기도 어렵지만) 겨우 세 편을 발견했을 뿐이다. 그 세 편이란, 정태시 선생의 〈나라 사랑과 인간 사랑〉(1983년 통권 5호, 김교신 선생 추모기), 박연구 선생의 〈환경운동과 수필 쓰기〉(2000년 여름호, 통권 70호), 서용순 선생의 〈역사산책〉(2001년 여름호, 통권

74호부터) 등인데, 그 비율이 소수점 이하여서 계산하기조차 어렵다.

수필의 소재 선택 경향이 이러하다면 수필 입문 교과서로 불리는 윤오영 선생의 《수필문학 입문》에서 가르친 대로 '이문목견(耳聞目見)에서 느끼고 생각한 것을 소재'로 쓰되 이(耳)·목(目)을 어느 사물(자연과 나 자신)에 한정해서 열어 두어야 된다는 결론이 나온다. 그런데 같은 책에 보면 "우리나라에 범람한 수필이 대개 신변잡사의 기록이다. 기록은 문학이 아니다. 신변잡사의 서술도 있다. 이는 문학이 아니라 자술서다. 깊이 반성하고 진로를 모색하라"고 일갈하고 있으니 올챙이로선 야단맞는 것 같아 걱정이 태산이다.

이와 함께 '작가정신'이란 과제에서도 두려움을 느끼게 된다. 어찌되었거나 나도 등단을 했으니 이제부터는 이름 석 자 앞에 '가(家)'라는 수식어를 달고 다닐 수 있어 기쁘기도 하지만, "작가는 지성인이다. 시대정신에 투철해야 한다. 오피니언 리더로서 시대를 선도할 책임이 있다. 적어도 상시분속(傷時憤俗) 하는 자세를 지녀야 한다"는 대목에 이르면 주눅이 든다.

매스컴 지면을 볼 때마다 느끼는 거지만 정치·경제·사회·문화·교육·환경 등 현실 세계가 안고 있는 수많은 문제에 대해 쓰여진 글은 모두 지도층 인사라는 이들이 칼럼 형태로 쓴 게 대부분이다. 시인도 소설가도 있지만 수필가는 찾아보기 어렵다. 수필가는 안 쓰기 때문일까, 못 쓰기 때문일까, 아니면 언론에서 의뢰 자체를 안 하기 때문일까?

여기에 커다란 의문점이 생긴다. 수필가는 현실 세계의 정의와는 무관한 것인가. 관계가 있는데도 외면하고 있다면 지성인으로서 속칭 '방관죄'를 범하는 게 아닌가. 앞에서 윤오영 선생이 지적한 대로 '깊이 반성하고 진로를 모색'하려면 어찌해야 할 것인가— 하는 점이다. 고민 끝에 여러 자료를 찾기도 하고 귀동냥을 해 본다.

김동석 선생(소설가 김동리 씨와 '순수 논쟁'을 벌인 일로 이름난 월북 작가)의 작가정신론을 보면, "진정한 문학이란 문제의식이 있어야 한다. 작가는 작가정신이 있어야 한다. 무엇을 할 것이냐, 우리에게 최선은 무엇이냐, 누구의 죄냐, 모든 문제를 문제 삼아 해결하려는 정신과 자세가 필요하다. '순수문학'은 일제 압박 하에서 다른 길이 없을 때나 할 수 있는 거였다"라고 쓰여 있다. 벽력같은 고함 소리가 들리는 듯하다. 그런데 오늘의 수필계는 특정한 사회 문제 의식도 핍박도 이념 분쟁도 없는 상황에서 언론의 자유를 만끽하며 살고 있지 않은가.

이웃 나라는 어떤가. 중국의 인기 작가 '자핑아오'는 80년대부터 기행문, 문화 산문, 대산문(大散文) 등을 제창하여 수필이 개인의 서정문에 그치지 않고 시대와 지방의 문제성과 전통성까지 파헤침으로써 시대 개혁과 문화 창조에 기여할 수 있도록 그 사명을 넓히는 데 앞장서고 있다.

또 일본에서는 각 분야 전문가들이 세상 속의 문제를 소재로 하여 수필을 씀으로써 인간 사회의 개선을 의도하고 있는데, 그 사례가 바로 '야마기시 사토시' 교수(교토대 동물행동학)가 쓴 〈새들의 실낙원〉이란 글이다.(에세이문학 2002년 겨울호, 통권 80호에 수록)

또 한 가지 아쉬운 것은 우리나라 문인들의 사회활동에서 수필가의 성함을 찾아보기가 어렵다는 점이다. 과거 군사독재가 기승을 부리던 시대에 시인, 소설가 등이 앞장서서 사회정의를 위해 고군분투한 사실을 우리는 기억하고 있다. 그뿐인가. 얼마 전 '민족작가회의'가 주최한 외국인 근로자 돕기 자선 행사가 있었다. 가난을 면해 보고자 이역만리 타국에 와서 온갖 푸대접과 불이익을 감수하는 그들에게 도움을 주고자 수백 명이 모였다. 참가비는 일인당 2만 원이지만, 여러 사람이 힘을 모으니 상당한 거금이 모였다. 가슴 뭉클한 이 이벤트는 신경림, 고은, 황석영, 박완서 선생 등 모두 시인과 소설가들이 중심에 있었다. 안타깝게도 수필가는 눈에 띄지 않았다.(이상은 맹난자 선생이 그 행사에 참석한 후 들려준 내용이다.)

마지막으로 이해하기 어려운 문제는 수필계가 너무 폐쇄적이라는 것이다. 각 수필 전문지는 타지 출신 작가의 글을 게재하지 않는다고 한다. 아니 배척한다고 보아야 정확할 것이다. 다행히 《에세이문학》은 좋은 작품 중심으로 문호를 개방하고 있으나, 다른 수필지에선 출신과 호적(?)을 가리고 있다니 자칫 패거리 문학이 되는 게 아닌지 의문이다. 게다가 등단을 놓고 어디 출신이냐를 따져 도매금 취급을 거부하는 진골·성골형이 있는가 하면, 어디면 무슨 상관이냐 등단이면 그만이지 하는 출신 불문형도 있다.

국제경영개발원(IMD)이 49개 나라를 대상으로 국가 경쟁력 조사를 한 결과 우리나라가 폐쇄적인 문화국으로 44위에 머물고 있다는 서글픈 사실은 이러한 폐쇄적 패러다임이 크게 작용하기 때문이 아니겠는가. 문제는 이대로 간다면 좁은 나라에서 동서남북으로 갈려 지역 감정으로 이전투구하는 것과 무엇이 다를까 싶고, 젊은이들이 옹기종기 모여서 만든 수많은 동아리처럼 되는 날도 머지않았구나 하는 생각이 든다.

난생처음 나서 본 올챙이의 산책길이니 제대로 걸으며 사물을 바로 보았는지 의문이다. 시비(是非)와 곡직(曲直)을 가리기에는 어림도 없는 처지여서 단지 눈에 띄는 몇 가지를 나열해 본 것에 불과하다. 나도 어서어서 자라 제 빛깔과 목소리를 가진 개구리가 되어야 할 텐데…. 선배들의 지도 편달과 애고(愛顧)가 있기만을 고대하는 마음 간절하다.

(2002년 에세이작가회 동인지)

참한 중년 남자
없나요

"여보세요. ○○○선생님이신가요?"

묘령의 여성으로부터 전화가 걸려왔다.

"예. 접니다만, 말씀하시지요."

"참한 중년 남자 한 사람 어디 없을까요?"

너무 뜻밖이라 잠시 어리둥절하여 머뭇거리다가,

"원로 멘토단에 전화를 하신 게 맞나요? 그리고 제 이름은 어떻게 아셨나요? 지금 중매를 말씀하시는 건가요?"

"선생님 성함은 상담 안내서에서 알았고, 살아가면서 겪는 여러 가지 고민을 상담해 주신다기에 전화 드렸는데요."

"잠시 후 다시 전화하시지요."

너무 당황스럽기에 일단 다시 통화하기로 하고 전화를 끊었다.

교회 원로들이 지금까지 쌓아 온 지식과 경륜, 경험을 바탕으로 멘토

단을 결성하고 교인과 주민들에게 봉사해 온 지 2년여가 되었다. 활동을 시작하면서 다음과 같은 두 가지 원칙을 정했다.

첫째, 상담, 자문을 의뢰한 사람들이 남에게 알리고 싶지 않은 비밀은 무덤까지 갖고 간다.

둘째, 필요한 경비는 주님의 사랑으로 이미 모두 지불되었으니 어떤 경우에도 비용은 받지 않는다.

그동안 경영, 기술, 세무, 금융, 자녀진로문제, 은퇴전략, 노년관리 등 상담과 자문, 컨설팅까지 나름대로 좋은 성과를 냈다. 하지만 '중매 상담'을 하게 될 줄은 상상하지 못했다.

멘토 위원들과 어찌하면 좋을지 의논한 결과, 의견은 반반이었다. 한 가지 의견은, 중매는 매우 쉽지 않은 문제에다 잘못되면 뺨이 석 대라는 말도 있으니 하지 않는 게 좋겠다는 의견과, 그래도 그분이 삶의 고민을 상담하는 것이니 외면하지 말고 동참하는 게 이웃 사랑이 되지 않겠느냐는 것이었다. 결론은, 그분을 교회로 인도하여 성도 교제를 나누며 상담을 이어가기로 하고 교회에서 만나기로 했다.

만나기 전 궁금한 게 한두 가지가 아니었다. '참한 중년 남자'란 도대체 어떤 의미일까? 참하다는 것은 건실하고 잘생긴 걸 뜻하는 걸까? 또 중년이란 몇 살을 말하는 걸까? 과거에는 40~50대가 중년이었는데, 지금은 60~65세 정도를 중년으로 여기다 보니 말이다.

아무튼 교회에서 만나 차를 한 잔 마시며 대화를 나누었다. 내가 먼저 말문을 연 것은 원하는 조건을 확인하기 위해서였다.

"어떤 조건의 중년 남자를 원하시는지요?"

"네, 몇 가지 조건이 있어요."

"말씀하세요. 저희가 알아야 참고가 되니까요."

"첫째, 자기 집이 있어야겠지요. 가급적이면 전원주택이면 더 좋고요. 둘째, 자가용 승용차가 있어야 됩니다. 셋째, 경제력이 있어야지요. 그게 기본 아닌가요?"

"그럼 부인께 몇 가지 물어볼게요. 부인의 가족관계, 연령, 건강, 직업, 생활 정도 등을 말씀해 주세요."

"가족은 없고, 10년 전에 남편과 헤어졌어요. 지금은 독신이고 직업은 그냥 여러 일을 해요. 생활은 어렵지요."

"나이와 건강은 어떻게 되시나요?"

"65세입니다. 건강은 좀 약한 편이고요. 그래도 누워 있진 않아요."

내가 보기에도 몸이 좀 허약해 보였다.

"예, 잘 알겠습니다. 우선 교회에 출석하셔서 성도들과 교제하며 위로와 격려도 받으세요. 그리고 신랑감은 함께 찾아보기로 해요. 중매가 어려운 일이란 건 잘 아시지요?"

면담을 마치고 헤어진 지 30분 만에 그분한테서 다시 전화가 걸려왔다.

"전데요. 아까 조건 말씀드린 것 중에 한 가지 빠진 게 있어서요. 아주 중요한 건데요. 저는 남자가 너무 뚱뚱해도 싫고, 또 너무 마른 형도 싫어요."

통화를 마치고 나는 잠시 먼산을 바라보았다. 고민이 이만저만 아니었다. 앞의 세 가지 조건도 힘든 조항인데, 체형까지 기준을 제시하다니…. 중년 남자 중에 그런 날씬한 체형을 가진 사람이 몇이나 될까. 난생처음 중매를 하게 되었으니 우선 그 분야의 경력자를 찾아 공부라도 해야 될까 하는 조바심이 생겼다. 지금도 주기적으로 전화가 걸려온다.

"참한 중년 남자는 찾았나요?"

"예, 지금 찾아보고 있는 중입니다만."

독촉 전화를 받고 나면 큰 숙제를 떠안은 느낌이 든다. 아, 이를 어쩌나. 이러다 '참한 중년 여성 없나요?' 하는 중매 요청도 받지 않을까 은근히 걱정된다.

하긴 일본의 어느 여성 작가는 90세가 되었어도 '여성은 전 생애가 결혼 적령기'라며 모든 남성을 배우자 후보로 여기고 계속 탐색 중이라고 했다. 모든 모임에 빠짐없이 참가하고 스스럼없이 대화하며 신랑감을 찾는다니, 그분의 열정적인 사고와 자세가 남다르다.

오래전 평생 독신으로 지내온 여성 지도자 한 분에게 안부 인사를 드리면서 "외롭지 않으세요? 언제 국수를 주실 예정이십니까?"라고 물으면, "지금도 배우자를 물색 중이니 좀 기다려요" 했던 기억이 난다.

중매를 부탁한 그 여성에게 오늘이라도 '백마 탄 왕자'가 나타나기를 고대해 본다.

행방불명된
효심

　　추석 명절에 부모님 성묘를 다녀오는 길이다. 산소 가는 길가
엔 코스모스가 반갑게 얼굴을 내밀고, 내가 다니던 초등학교 앞마당
에는 어렸을 때 본 소나무가 지금도 의연하게 서 있다. 앞개울엔 벌
거숭이로 물장구치며 놀던 옛 추억이 서려 있다.

　　성묫길은 늘 차량으로 붐빈다. 오가는 길이 불편하지만 자녀들과 함
께 성묫길에 오른 사람들을 보면 나는 그분들이 효심이 두터운 훌륭
한 가장으로 보인다.

　　해묵은 숙제로 지방에 있는 토지를 개발하는 과정에서 전혀 예상치
못했던 '무연고 분묘'라는 문제에 부딪히게 되었다. 땅주인의 허락도
받지 않고 돌아가신 분을 밤중에 몰래 묻어 놓고 수십 년이 지나도록
단 한 번도 찾아오지 않는 주인 없는 묘가 무려 135개소나 되었다.
신문에 몇 달씩 공고를 내고 추석과 설(새해) 때마다 안내용 팻말을 묘지

마다 꽂아놓고 연고자를 찾았다. 혹시 명절에 성묘하러 찾아오는 자녀가 있을까 해서였는데, 야속하게도 단 한 사람도 오지 않았다. 할 수 없이 법에 따라 개장 절차가 진행되었고, 유골은 안치 시설로 옮겨져 10년간 보관되었다. 이제 남은 절차는 유골을 화장하여 집단 매장할 차례만 남았다. 그리되면 조상의 흔적(분골가루)은 영원히 찾을 수 없게 되고 부모 자식 간의 영적 교류마저 끝나고 만다.

성묘하러 오지 않는 자식은 부모로부터 도움을 전혀 받은 적이 없어서일까? 아니면 부모 자식 간에 무슨 원한이라도 있는 걸까? 그도 아니면 살기가 어려워서 엄두를 못 내는 걸까?

가수 장사익이 부른 〈어머니 꽃구경 가유〉란 노래 가사에, 고려장 지내려고 어머니를 꽃구경 가자고 속여 지게에 태워 산으로 가는 도중, 어머니는 자식이 내려올 때 길 잃지 말라는 표시로 솔가지를 꺾어 땅에 뿌려 놓는다는 대목이 나온다. 어머니는 아들이 자신을 지게에 태우고 왜 산으로 가는지 이미 알고 있었던 것이다. 아, 자식 걱정으로 밤을 지새우는 부모 마음을 자식이 어찌 만분의 하나라도 헤아릴 수 있으랴.

부모의 시신을 한밤중에 남의 땅에 파묻어 버리고 방치하는 자식을 나는 도저히 이해할 수가 없다. 우리 조상들은 부모가 돌아가시면 무덤 옆에 초막을 짓고 '시묘살이'를 했다. 엄동설한에도 삼베옷을 걸치고 부모 생전에 효도하지 못한 것을 뉘우치며 무려 3년을 지냈다. 지금은 상상조차 할 수 없는 일이다. 오늘의 자녀들에게 그런 말을 한다면 동화에나 나오는 호랑이 담배 피던 시절 얘기로 들을 거다. 자식이 부모를 상대로 재산 내놓으라고 소송을 걸고 돈 안 준다고 몹쓸 짓도 서슴지 않는 패륜 세상이니까 말이다.

부모가 평생 고생해 모은 재산을 물려줘도 소식을 끊고 사는 자식에게 법원은 재산을 부모에게 되돌려주라고 판결했다. 그래서 요즘은 자식에게 '효도각서'를 쓰게 한다는 것이다. 어쩌다 이 지경이 되었을까? 부모 죽은 다음에 적어도 일 년에 한 번은 성묘를 와야 된다는 각서라도 받아 둬야 할까?

"낙양성 십리 허에 높고 낮은 저 무덤아 … 만고 영웅이 몇몇이냐."

이 노래 가사가 말해 주듯 죽으면 생전의 명예도 권세도 다 사라지고 육신은 흙으로 돌아가는 게 영구불변의 이치지만, 부모 자식 간의 애틋한 기억조차 저버리는 세태가 몹시 서글프다.

"은혜를 모르는 자식을 두는 것은 독사의 이빨에 물리는 것보다 더 아프다"는 셰익스피어의 말이 떠오른다. 잡초만 무성하게 방치된 무덤 속의 영혼들은 오늘도 구천(九泉)을 떠돌고 있겠지.

'쓰나미'의
아픔

형에게

유난히도 무더운 여름을 어찌 지내고 있는지요?

한국은 백 년 만에 찾아온 혹독한 찜통더위가 계속되고 있다니, 부디 건강 조심하시길 빕니다.

미국에 머물던 중 이곳에서 본 광경 하나가 목에 걸린 가시처럼 내내 마음을 짓누르고 있습니다. 늦은 저녁 무렵, 산책하러 나갔다가 인파가 북적대는 어느 건물 앞에 눈길이 멎었습니다. 무슨 일일까 하고 길 건너 맞은편에 서서 바라보다가 뜻밖의 진풍경을 발견하게 되었답니다.

해수욕장이 가까워서 그런지 남녀 모두 비키니 스타일로 줄을 서 있었는데, 그들이 걸친 옷은 하나같이 너무도 아슬아슬했습니다. 형이 알다시피 나는 비키니 차림의 여성을 보면 괜히 무안해서 정면으로 쳐다

보지 못하는 숫기 없는 성격이지요. 그런데 희한하게도 그 사람들의 아랫도리 옷은 엉덩이 골반 위에 겨우 걸쳐져 1밀리만 밑으로 내려와도 백일 사진 찍을 때처럼 홀랑 벗겨질 상황이었어요. 옆에서 보는 내가 더 걱정되었답니다. 게다가 끈을 매는 식이어서 '저 끈이 풀어지면 어쩌나' 하는 걱정이 이만저만 아니었습니다. 줄지어 서 있는 사람들 앞에는 여성 안내원이 나와 입장 순번을 정해 주고 있었지요. 도대체 무슨 구경거리가 있을까? 아니면 90% 할인 대박 세일이라도 하는 걸까 하고 쳐다보다가 기막힌 걸 발견했습니다.

아! 뜻밖에도 거기엔 '쓰나미'라는 간판이 빨간 네온사인 불빛으로 반짝이고 있었어요. 다름 아닌 술집이었습니다. 입장 순서를 안내하는 요염한 여종업원의 차림새가 그 집 분위기를 증명하고 있었지요. 그 더운 여름에 무릎까지 올라오는 긴 부츠를 신고 옷은 입은 게 아니라 살짝 가렸다는 표현이 더 적절했으니 말입니다. 술 먹으려는 사람이나 안내원이나 약속이나 한 듯 같은 스타일을 연출했던 겁니다.

그들의 아랫도리옷이 골반에 겨우 걸쳐진 이유가 혹시 내가 어렸을 때 입었던 무명옷처럼 고무줄이 느슨해져서 밑으로 흘러내린 걸까 하고 생각도 해 보았지만, 남녀 불문하고 다 그렇다 보니 그 이유가 몹시 궁금했습니다. 보다 못해 한 젊은 여성에게 말을 걸어 보았지 뭡니까.

"아래옷이 곧 벗겨질 것 같은데 괜찮아요?"

그녀가 생긋 웃으며 태연하게 말하더라고요.

"아! 이건 뉴패션이니 걱정 말아요."

걱정도 팔자라던가요? 괜스레 남 아래옷 고무줄 걱정을 했으니 말입니다. 그런데 자세히 보니 과연 그 옷들은 꼴말(고의춤)이 짧아서 엉덩이에 살짝 걸칠 수밖에 없겠더라고요.

술집에서 나오는 사람들은 모두 취해 있었습니다. 큰길에서 남녀가 얼싸안고 '키싱'이란 물고기처럼 입을 맞댄 채 비틀거렸습니다. 그 광경을 바라보며 여기가 에덴동산일까, 아니면 성서에 나오는 '소돔과 고모라'일까 생각하며 발길을 돌렸습니다.

형도 그 광경을 보면 무척 화를 냈을 겁니다. 나도 괜히 화가 났습니다. 자괴심도 들었고요. 안 그래도 서울에서 비지땀을 흘리며 일하고 있을 형을 생각하면 미안하고 안쓰럽던 차에 나 혼자 여기까지 와서 이런 모습이나 구경하고 있구나 생각하니 짜증이 나더라고요. 숙소로 돌아오다가 차 한 잔 마시러 커피점에 들어가려는데 여종업원 옷차림새가 아까 본 것과 흡사해서 그냥 나와 버렸어요. 그 집은 손님 하나 잃은 셈이지요.

죽음의 해일(海溢)이 몰고 온 생지옥, 쓰나미 사태의 아픔이 아직도 생생한데 어쩌자고 간판을 '쓰나미'라 걸어 놓고 술을 마셔 댈까요? 왜 하필이면 수많은 인명을 앗아간 뼈아픈 상처를 건드리면서 난잡하게 놀 이유가 뭘까요? 그야말로 세계대전 후에 범람했던 허무주의의 망령이 되살아난 걸까요? 불의의 사고로 천금 같은 생명을 잃은 영령들에 대한 최소한의 예의마저 무참히 짓밟히는 순간이었습니다. 얄팍

한 상술로 그런 간판을 단 술집 주인이나 술 마시러 온 선남선녀(?)들은 이 지구상에 더불어 살고 있는 인간이 아닌 외계인 족속일 거란 생각이 들었습니다. '쓰나미' 피해자나 유족들이 이런 장면을 보면 그 심정이 어떨까요?

하긴 요즈음 미국이 기독교 국가이면서도 이웃 사랑과 멀어져 가고 동성애와 낙태에 대한 합법화 움직임도 드세어 이런 세태를 한탄하는 소리가 드높다고 하네요. 성서에도 "이 세상에 의인은 없나니"란 대목이 있긴 하지만, 이건 해도 너무하는 거 아닌가요?

오늘 아침엔 미국 뉴올리언스에 허리케인이 닥쳐 말 못할 참상이 벌어졌다는 뉴스를 들었습니다. 곧이어 '뉴올리언스의 허리케인'이란 술집이 생겨날 날도 머지않은 듯싶네요. 인간은 얼마나 매몰찬 동물일까요? 청정한 공기와 아름다운 해변을 찾아온 저들의 영혼은 무슨 색깔일까요? 형을 보면서 늘 성선설(性善說)을 믿어 왔는데….

(2009년 에세이문학)

계약서
이야기

　　오늘도 계약서를 써야 할 일이 생겼다. 이달 들어 벌써 몇 번째인가. 서류와 도장을 챙겨들고 서둘러 엘리베이터에 오르며 계약서 조항들을 다시 되짚어 본다. 상대방의 요구사항 중에 무리한 대목이 있으니 아무래도 수정해야 할 것 같다.

　　사람은 누구나 '거래를 하면서' 살아간다. 그러니 서로 속지 않으려고 애쓰는 과정에서 여러 형태의 문서가 고안되었을 테지만, 굳이 문서를 작성하고 도장을 찍어야만 안심이 되는 세태가 야박하다. 구두계약도 엄연한 계약인데, 마음의 다짐을 통한 약속을 지킨다면 얼마나 살맛나는 세상이 될까. 그런데 요즈음엔 조건부 결혼계약서도 있다니, 우리는 계약서 천국에 사는 셈이다.

　　나와 가깝게 지내는 김 선생은 중국에 어학연수를 떠나는 딸과 계약서를 작성하였다고 한다. '외국으로 공부하러 가는 딸에게 아버지는 학비를 부담하되 딸은 일 년 이내에 최고 수준의 어학 능력을 취득하여야 한다. 만일 이를 어길 때는 학비 전액을 아버지에게 상환하여야 한다. 이 사실을 증명하기 위하여 각자 자필 서명하고 날인한다'는 내용이다.

딸의 입장에서 보면 그 계약 이행이 꽤 벅찰 테지만, 자신의 의지와 각오가 반영되었다니 원만한 계약이었던 것 같다. 그 얘기를 듣고 처음엔 으아했으나 아버지의 사려 깊은 설명을 듣고는 고개가 끄덕여졌다.

김 선생의 딸이 중국으로 떠나는 날, 아버지는 딸과 마주앉아 "이 계약서를 책상 유리판 밑에 잘 보이도록 넣어 두어라. 그리고 혹시 마음이 흔들릴 때, 잡념이 생길 때, 집이 그리울 때, 아버지와의 약속을 되새겨 보아라. 그러면 다시 자세를 다잡고 열심히 하게 될 것이다"라고 당부하였단다. 딸은 각오를 다지며 중국으로 떠났고, 목표한 대로 어학 능력을 인정받아 곧 귀국한다고 한다.

은행에서 평생을 일한 친구도 아이에게 대학등록금을 줄 때 '차용증'을 받았다고 한다. '아버지가 등록금을 대여하되 자녀는 후일에 꼭 갚는다'는 거다. 그 말을 듣고 "자네, 너무 심하지 않은가. 혹시 은행 업무가 습관이 되어 그러는 것 아닌가?"라고 물었지만 나름대로 심오한 뜻이 담겨 있었다. 아버지에게 차용증을 쓰고 학비를 받은 자녀들이 열심히 공부하여 지금은 뜻한 대로 전문가의 길을 걷고 있다.

나도 아이가 학교에 다닐 때 매년 '용돈 예산서'를 작성하게 했다.

그리고 예산서대로 알뜰하게 썼는데도 부족하다는 게 입증되면 추경 예산을 늘려 주거나 다음 해에 인상하는 방법을 택했다. 어느 친구는 "요즘 같은 세상에 너무 심하지 않은가?"라며 핀잔을 주었지만, 아이들은 마지막 학업 과정을 마칠 때까지 20여 년간 아무 불평 없이 지냈다.

하지만 김 선생의 경우처럼 모든 계약이 유종의 미를 거두는 건 아니다. 약속을 지키지 않는 자식 때문에 부모는 한숨 짓게 되고, 계약을 어기고 법을 지키지 않기 때문에 각종 송사(訟事)가 날로 증가하는 게 아닌가. 계약서상에 이행조항을 깨알처럼 썼다 할지라도, '만일 이행이 안 될 때에는…'이란 엄포성 문구가 칼날처럼 적혀 있어도, 당사자에게 이행 의지가 없으면 그 계약은 깨지게 마련이다. 그러고 보니 조건부 결혼계약서의 내용이 궁금하다. 대체 뭐라고 적혀 있을까.
'앞으로 많이 사랑하고 계약기간까지 변치 않기로 약정한다. 또한 사랑에 속고 돈에 울지 않도록 한다. 만일 그렇지 않을 때는 계약서 제 몇 조에 의거…'라고 쓰여 있을까? 양가 부모와 친지들이 지켜보는 앞에서 백년가약을 맺고도 세 쌍 중 한 쌍이 이혼하는 세상인데, 계약서에 썼다고 사랑이 오래도록 지속되는지 알 수 없는 노릇이다.

얼마 전, 나는 좋아하는 문단의 심우(心友)들과 '향후 100년간 문학과 삶의 나눔이 변치 않기를' 굳게 언약하면서 선언문까지 작성했었다.

100년이나 변치 말자고 했으니 적어도 우리 생애엔 도타운 우정이 지속될 것이었다. 하지만 그 모임도 희미한 옛사랑의 그림자처럼 서서히 식어 버렸다. 유행가 가사처럼 '허공 속에 묻힌 그 약속'이 되어 허망하기 그지없다.

천금같이 소중한 약속일수록 서류보다는 마음판에 새기는 게 더 확고하다고 믿는다. 마음판에 각인된 언약은 도장 찍고 공증까지 받아 놓은 두꺼운 서류보다 더 깨기가 어렵지 않던가.

오늘 저녁엔 직장에 다니면서 시간을 쪼개어 공부를 더하겠다는 막내에게 제시할 계약서 초안을 구상해 볼까. 하지만 미리 계산된 머리의 언어로 서류를 작성하고 도장을 찍는 것보다는 두 손을 맞잡고 가슴의 언어를 눈으로 말하는 게 더 좋을 듯싶다.

얄미운
일본

일본 출장길에 나는 아침 산책 겸 숙소 옆 오솔길을 걷는다. 개울을 끼고 1킬로미터쯤 걷다 보면 휴지 한 장도 눈에 띄지 않는다. 너무 깨끗해 얄밉다는 생각이 들곤 한다. 그러다 보면 속으로 '산책길 끝까지 왕복하는 동안 정말 휴지 한 장 없는지 어디 한번 보자'는 오기가 발동한다. 오르막 종점을 돌아 내려오자 저만치 길이 끝나는 지점에 빈 병이 보였다.

"그럼 그렇지, 당신네도 별수 없겠지."

나는 드디어 쓰레기를 발견했다는 기쁨(?)에 쾌재를 부르며 속도를 내어 다가갔다. 그리고 빈병을 살펴보았다. 결과는 천만뜻밖이었다. 그 빈병엔 한글로 '바카스'란 상표가 붙어 있었다.

순간 맥이 확 풀렸다. 한국 사람이 버리고 갔다는 게 확인되면서 창피하고 화가 났다. 저들은 한국 사람을 어떻게 볼까? 우리는 일본에 대해 나쁜 감정을 갖고 있다. 뿐만 아니라 깔보며 우습게 보기도 한다. 그쪽을 그렇게 보는 이유가, 행여 1,600여 년 전 백제의 왕인 박사가 무지몽매한 섬나라 일본에 한자를 전하고 대장장이와 베짜는 사람을 데리고 가서 기술을 전파하며 일본 태자의 스승이 되었다는 점에 기초하는 거라면, 이는 이만저만한 착각이 아닐 수 없다. 지금은 그 나라가 강대국이란 사실을 직시해야 한다.

아직도 양국 간에 해결되지 않은 위안부 문제, 강제징용자 피해 보상 문제 등이 남아 있다. 기필코 유리한 결말이 나기를 고대하는 마음 간절하다. 다만 여기서 말하고자 하는 것은, 그런 해결되어야 할 문제점 외에 우리가 그들을 우습게 볼 게 아니라 배울 점은 없겠는가 하는 점이다. 지금까지 그래 온 것처럼 '모방은 제2의 창조'라고 했으니 말이다.

솔직히 우리는 지금까지 다방면에서 '일본 베끼기'를 해 왔다. 정치, 경제, 사회, 문화로부터 기술, 방송, 심지어 만화에 이르기까지. 그러다가 한때 반도체, 자동차, 휴대전화, 드라마 등 기술면에서 '일본을 이겼다'고 호언장담한 적이 있다. 과연 그랬을까? 그 이겼다는 부분도 실은 '일본을 베껴서 이루어진 것'이고 기초도 저들의 기술이요 아이디어가 아니었던가.

일본인은 예절도 바르지만 겸손과 인내심 또한 강하다. 대지진이 났을 때, 자기 나라 국민이 IS에게 참수당했을 때도 유가족은 "폐를

끼쳐 죄송하다. 정부에 감사하다"고 했다. 후쿠시마 지진으로 방사능이 유출되고 아수라장이 된 길고 긴 피난길에서 단 한 사람도 새치기한 사람이 없다는 사실은 얄밉기도 하고 존경스럽기도 하다. 그들은 남에게 '메이와쿠(迷惑, 민폐)'를 끼치지 않는다는 자세가 철저하다. 우리가 그런 일을 당했다면 과연 어땠을까 상상해 본다. 우리는 모두 남의 탓으로 돌리고 책임지라며 두고두고 아우성을 칠 것이다.

일본인은 국가가 위기에 처하면 한 목소리를 낸다. 우리는 파가 갈리어 싸움질로 정신없다. 언론도 국익에 도움이 안 되면 절대로 보도하지 않는다. 앞뒤 가리지 않고 크게 부풀리기까지 하는 우리 언론과는 크게 비교되는 대목이다. 그래서 어떤 운동이든 게임이든, 둘 이상이 편을 짜 싸우면 일본인이 반드시 이긴다는 말이 나온 것이다.

그들을 절대로 얕잡아 볼 수 없는 이유는, 지구촌에서 가장 많은 빚을 내어 준(꿔 준) 나라가 일본이다. 채권국 1위, (우리의 30배다.) 따라서 국제 무대에서의 발언권도 높을 수밖에 없다. 세계에서 가장 호감도가 높은 나라는 독일, 그다음이 일본이다. 제품에 대한 세계인의 호감도는 일본이 1위다. 종합 국가 브랜드 순위는 한국 33위(2012년 기준), 일본 5위다. 일본으로 이민가고 싶다는 순위도 10위권에 든다.

외국에 나가 보면 반드시 일어로 된 안내판이 등장한다. 고급 식당에 예약하려면 어느 나라 사람이냐고 국적을 묻는다. 한국인이라면 노(NO), 일본인이라면 웰컴(Welcome)이다.

우리 정치지도자들이 일본의 국제 영향력을 얕잡아 보는 발언과 그 나라 국민을 무시하는 태도를 보이는 경우가 있는데, 무슨 근거로 그런 말을 하는지, 뭘 알고나 하는 말인지 의심스럽다. 툭하면 말로만 극일(克日)이니 싸우면 이긴다느니 목청을 돋우지만 진정으로 이기려면 절치부심, 와신상담해야만 된다. 그러면서 힘을 길러야만 그게 바로 극일이요 복수가 되는 거다.

제2차 세계대전에서 일본은 완전히 패망했다. 잿더미 위에서 다시 일어나면서 그들은 이를 악물고 산업 융성의 각오를 다졌다.

"They comeback with innovations."

이것이 그들의 외침이자 자세였다. 그 결과 세계 속의 일본으로 거듭났다. 우리도 꼭 그렇게 되어야 할 텐데!

엥겔(Engel)
계수

　　요즘 밥상 물가가 많이 올라 생활이 어렵다는 말을 자주 듣는다. 우리나라 통계를 보면 엥겔 계수(가계 전체 지출액에서 식료품비가 차지하는 비율. 소득이 늘어날수록 엥겔 계수는 감소함)가 근래 들어 최고치를 기록했다는 발표다. 전년 대비 소비 지출은 3.3% 증가했지만 엥겔 계수는 4.7% 증가하여 서민들의 삶이 더 가난해졌다는 증거다. 이 계수가 높아질수록 생계가 그만큼 팍팍하다는 것인데, 저소득층(최하위 20%)은 100만 원 수입에서 33만 원을 '먹는 데' 쓴다는 통계도 있다.

　잘사는 나라 미국은 어떨까. 그 나라 엥겔 계수는 6.4%, OECD 국가 중 가장 낮은 수치다. 한국은 중간 수준으로 약 13.4%다. (그러나 외식비를 포함하면 29.1%로 증가한다.) 미국은 근로자 임금이 우리의 배가 넘고, 반대로 물가는 대략 1/2 가격이다. 야채, 과일, 우유는 1/3 가격인데다 풍부한 물자, 끝없이 펼쳐진 옥수수와 밀밭, 드넓은 초원에서 한가로이 풀을 뜯는 소떼들, 육류가공품 천국인 그 나라가 부럽기만 하다.

한때 장기(臟器)를 팔아 생활비에 보태겠다는 절규가 있었고, 몸이 아파도 병원에 못 가는 서민도 있었으며, 식당 주인들이 장사가 안 되어 솥단지 시위까지 벌인 일도 있었다. 경제적으로 고생하는 것도 가슴 아픈 일이지만 가난으로 인한 마음의 황폐화 문제가 더 큰 문제가 아닐까 싶다.

성서에도 "사람이 빵만으로 사는 것은 아니다"라고 했지만, 우선 먹어야 생존이 가능하니 (어떤 것을 먹느냐의 고민은 제쳐놓고) 최소한의 섭생은 절대 보장되어야 한다. 그 책임은 전적으로 국가에 있다. '빅토르 위고'의 말처럼 사회가 그늘지면 삶이 고달파지고 영혼이 시들게 마련이며 범죄에 빠지기 쉽다. 이런 사태를 방지하기 위해 국가가 해야 할 과제가 막중하다.

정치가를 비롯한 국가지도자의 책무란 어떤 것일까. 특히 폴리페서들도 정권 입맛에 맞는 논리만 펴서는 안 된다. 그들이 내세운 생뚱맞은 이론으로 나라 앞날을 그르치는 경우가 너무도 많다는 것이 우리의 경험이다.

지도자들에게 수많은 책무가 있겠지만, 공허한 논쟁과 패싸움은 제발 접어두고 우선 국민의 눈물을 닦아 주는 일에 전념해야 한다. 그들이 입으로만 애국하며 논쟁으로 날을 지새우는 동안 피폐해진 국민의 삶은 누가 보살펴 준단 말인가. 흔히 "등 따시고 배부르면 그게 최고의 행복"이라고 말한다. 그 말은 춥고 배고프면 세상만사 다 소용없다는 의미다.

얼마 전 택시기사와 대화를 나누었다. 그는 한이 맺힌 듯 말을 쏟아내며 목청을 높였다. 뉴스 제목 몇 가지를 얘기하다가 "이렇게 먹고 살기 힘든데 무슨 나라 정치가 이 모양이냐. 세계 평화도 좋지만 우선순위가 경제 문제 아니냐. 막말로 '김정은'이 온다 할지라도 등 따시고 배부르면 되지 않겠느냐?" 하는 거였다. 내가 듣다 못해 "어떻게 김정은 얘기를 하시나요? 만에 하나 그리되면 자유도 없고 공산주의 나라가 되는 건데요?"라고 항의하자, 그는 "그만큼 경제가 첫째로 중요하다는 겁니다"라고 말했다.

그의 말이 듣기에 섬뜩했지만 곰곰이 생각해 보면 홧김에 한 말일 테고 국가 정책의 우선순위를 탓하는 것이리라. 그만큼 먹고 사는 문제가 중요하고 심각한 게 사실이니까.

우리나라 엥겔 계수는 언제쯤이나 낮아질까. 그 시기는 국가지도자들이 냉철한 판단으로 진정성을 가지고 애국할 것인가와 불가분의 관계가 아닐까 한다.

젊은이의
양지

내가 자주 다니는 찻집에는 다양한 경력을 가진 은퇴 인사들
이 모인다. 여러 분야에 대한 정보와 세상 이야기를 나누곤 하는데,
출석을 부르지도 않지만 참석 여부는 자유, 부담 없이 차를 마시면서
우의를 쌓고 있다.

그 찻집에 대학생으로 보이는 여학생이 아르바이트를 하고 있다. 예
의범절과 언행이 반듯하고 차림새 또한 단정하여 요즘 젊은이와는 사
뭇 다르다. 그를 보면 훌륭한 부모 슬하에서 제대로 된 가정교육을 받
았지 싶다.

게다가 누가 보든 안 보든 언제나 최선을 다해 일한다. 찻집 유리창
을 닦는 모습을 보면 그렇게 정성을 들일 수가 없다. 안 닦인 부분이
있으면 입으로 호호 불어가며 자기 손거울 닦듯이 한다. 업무에 임하
는 자세가 거의 완벽할 정도여서 손님들의 칭찬이 자자하다.

장맛비가 쏟아지는 어느 늦은 밤, 찻집 문 닫을 시간이 되고 손님들도 모두 귀가하려던 참이었다. 나도 일행들과 우산 걱정을 하며 그 학생도 우산 걱정을 하지 않을까 짐작했는데, 잠시 후 고급 승용차가 찻집 정문 앞에 정차했고 운전석 옆자리에 그 학생이 자연스럽게 승차하자 차는 곧 떠났다. 늘 그래 온 것 같은 매우 익숙한 행동이었다.

훗날 찻집 주인으로부터 그 학생에 대한 이야기를 듣게 되었다. 아버지가 대기업 임원인데 부모와 학생 자신이 사회 경험도 쌓고 노동의 가치를 익히고자 일부러 아르바이트를 한다는 것이었다. 요즘 말로 '금수저 출신'이 분명한데 '사서 고생'을 하는 중이었다.

돈 가진 집안 자녀들은 대부분 놀고 돈 쓰는 데만 열중이고 노동의 가치를 잘 모른다. 일하는 것에 대해 관심도 없고 싫어한다. '흙수저 출신'을 무시하고 '갑질'을 하려 든다. 돈 문제를 제외하고 똑같은 연령대라면 흙수저 쪽이 더 깊고 넓은 정신세계를 구축한다. 자신의 미래를 설계하고 나아가 국가 장래까지도 걱정하며 오피니언 리더로 성장한다. 고생하면서 삶의 의미와 고통과 번민을 경험한다. 반대로 금수저 쪽은 단순히 놀고 즐기는 것에 치우쳐 놀이문화에 익숙하다가 마약, 도박, 성범죄 등으로 자주 언론에 등장한다.

일하고 돈을 번다는 것은 어떤 의미일까. 빈부의 격차는 왜 생겨나는 것일까. 금수저와 흙수저는 세상살이에서 어떤 차이가 있는가. 그런 차이는 어떻게 극복될 것인가. 우리는 이런 실존적이고 철학적인 큰 과제를 안고 살아간다.

흙수저 출신 학생들이 남다르게 생각하고 실천에 옮겨 이루어 낸 금자탑은 우리에게 큰 감동을 선물한다. 미국 NYT(뉴욕타임스)가 뽑은 명문대에 입학한 어린 흙수저들의 땀과 눈물 사례(2019년 5월 11일 조선일보)를 보자.

- 위스콘신주립대에 입학한 켈리 쉴라이즈(17세) 양은 배관공인 아버지를 도와 6년간 일했다. 헌옷을 입고 기름때를 묻혀 가며 하수관을 납땜하던 이 소녀는 호숫가 대저택의 금도금된 화장실에서 곰팡이가 핀 배수관을 들어내다가 석면가루를 마시기도 했다.
- 웨스트 LA 칼리지에 합격한 마크 가르시아(18세) 군은 14세 때부터 LA 부촌 일식집에서 설거지를 했다. 수백 개의 접시를 닦고 자정 무렵 집으로 돌아가는 그는 버스에 타고서야 교과서를 편다. 그리고 온종일 남의 집 일을 하고 돌아온 엄마가 자신을 기다리다 지쳐서 잠든 사이, 그날 받은 팁을 엄마 주머니에 조용히 넣어 드린다.
- 레들랜즈대 합격생인 앤드 패트리킨(17세) 군은 청소 아르바이트를 한다. 새벽부터 수백 개의 쓰레기통을 비우며 모기떼에 물리는 게 일상이다. 그는 가난한 자들과 백인 부자들의 쓰레기가 확연히 다르다는 점을 잘 안다. 이미 세상의 밑바닥을 본 것이다.

● 하버드대에 합격한 빅토리아 오즈월드(18세) 양은 가난한 집안에 태어나 암환자 할머니의 시중을 들어오다가 할머니, 어머니, 언니가 세상을 뜨자 아빠와 함께 어려운 생계를 꾸릴 수밖에 없었다. TV 케이블, 전화, 인터넷을 끊고 물도 아끼며 슈퍼볼 경기는 30년 된 라디오로 들었다는 것이다. 그렇듯 극한의 최저 생활을 하면서도 과학영재로 소문이 나 있다.

이 학생들은 우리 고등학교 3학년에 해당한다. 그들은 저소득층 자녀로 태어났지만 생계를 위해 노동과 학업을 오랫동안 병행해 왔다. 듣기에 측은하면서도 그들이 만든 '형설의 공'이 더없이 대견하고 자랑스럽다. 부잣집에 태어나 호의호식하며 과외비로 큰돈을 들여 만든 대학 입학용 스펙보다 얼마나 의미 있고 보람 있는가. 역시 세상에는 고진감래(苦盡甘來)라는 이치가 살아 있다.

찻집에서 아르바이트하는 그 학생은 오늘도 '양지(陽地) 바른 곳'에 서 있다. 부모님의 깊은 배려와 바른 교육이 토양이 되고, 이를 받아들이는 학생 자신의 정신과 자세가 시너지 효과를 내어 반드시 훌륭한 인재로 성장할 것이다. 그리고 어른이 되면 '유 레이즈 미 업(You Raise Me Up)' 가사대로 '당신의 어깨에 기댈 때, 나는 더욱 강해지고 내가 가진 재능보다 더 잘할 수 있게 그대 날 일으켜 세우네'처럼 불우한 이웃에게 어깨를 내어 줄 따뜻한 인물이 될 줄 믿는다.

제3부
다시 옷깃을 여미며

두 이름의
사나이

성경 공부 모임에서 '인간의 죄와 회개'라는 과제로 토론을 하던 중 한 분이 농담을 섞어 내게 말했다.

"선생님은 참 편리하시겠습니다."

"예? 뭐가요?"

의아해서 되묻자, "교회 밖 세상에서 죄는 '함광남'으로 짓고 교회에는 '함광호'라는 이름으로 출석하시니 전혀 다른 사람이 되지요. 얼마나 편리하시겠어요?" 하는 것이었다. 좌중에 폭소가 터졌다. 함께 웃긴 하였으나 그 말을 듣고 나서 두고두고 많은 생각을 하게 되었다.

나는 이름이 둘이다. 가족과 친지 몇 분 말고는 함광호와 함광남을 전혀 다른 사람으로 알고 있다. 결국 두 얼굴로 사는 셈이다.

지난해 겨울, 실직으로 고통받는 이들에게 창업과 마케팅에 대한 강연을 하던 중 이런 질문이 나왔다.

"함광남 씨란 분이 쓴 책 내용도 오늘 말씀하신 것과 같던데, 혹시 형제간이신가요?"

그래서 나는 내 이름에 얽힌 사연을 밝히지 않을 수 없었다.

6·25 때 불타 버린 호적 대용으로 '기류계(寄留屆) 신고제도(임시로 거주한다는 뜻)'가 시행되었는데, 늦둥이 외아들이 늘 안쓰러웠던 어머니가 "이름을 '광남'이라 하지 말고 '광호'로 부르면 장래가 활짝 핀다"는 엉터리 작명가의 말에 넘어가 그만 '광호'로 면사무소에 신고를 하셨던 것이다. 그 후 학교 다닐 때는 줄곧 '광호'였고, 어른이 되어 사회에 나와서는 호적대로 '광남'으로 살고 있다. 교회에는 오래전 광호로 등록이 되었기에 교인들은 '광남'이라면 누군지 모른다. 학교 동창들에게 전화할 때도 "나 광호야" 해야 알아듣는다. 때 묻고 허물 많은 '광남'의 실상은 전혀 모르고 있으니 다행한 일이라 여겨야 할까?

'죽을 때까지 따라다니는 것이 무엇인가?'라는 수수께끼가 있다. 정답은 '그림자'다. 그러고 보니 내가 어떤 분의 그림자 역할을 했다고 해서 대접을 받은 일이 생각난다. 군사독재 시절 민주화와 인권운동, 사회정의를 위해 고군분투하던 분을 뒷바라지한 적이 있었다. 그때 일본에 건너가 국제사면위원회(앰네스티) 인사들을 만났는데, 그들은 나를 '그림자'에 비유하였다. 원래 어느 사회를 막론하고 뒤에서 그림자 역할을 하는 이가 있기에 훌륭한 인물들이 존재하는 거라면서 위로와 격려를 해 주었다. 하지만 나는 부끄러웠다. 설령 그림자 역할을 했다 할지라도 그 본체와는 비교할 수 없을 만큼 내 자신이 부족하니 동일체가 될 수는 없었기 때문이다.

동일체라면 그림자뿐만 아니라 본체와 불가분의 관계인 이름을 빼놓을 수는 없다. 성서에는 이름의 의미를 총칭하는 '오노마(Onoma)'라는 단어가 있다. 원래 이름이란 그 속에 사람의 인격, 권위, 명성, 재능, 사랑 등을 담는다고 하였다. 그렇다면 나를 아는 사람들이 나의 두 이름을 부르면서 각각 어떤 이미지를 떠올릴지 궁금하다. 나는 과연 어떤 모습으로 살아왔을까. '지킬 박사와 하이드'처럼 두 얼굴로 살아오지 않았을까? 수많은 죄는 '광남'으로 짓고 회개는 '광호'로 하는 뻔뻔스런 두 얼굴의 사나이였을 것만 같다.

두 얼굴로 살아온 시절을 돌이켜보면 삶의 모습이 확연히 구분되는 듯하다. '광호'로 불리던 젊었을 때가 참 좋았다. 가난과 배고픔 속에서 바랭이풀처럼 억세게 살아낸 시절이었지만, 그래도 그때는 학업에 몰두하며 꿈과 열정이 있었고 또 순수했다. 진리에 목말라하며 정의를 부르짖기도 했으니 말이다.

어른이 되어 '광남'으로 살고 있는 지금은 어떤가. 나름대로 노력은 해 왔지만 돌아보면 제대로 한 게 없는 듯싶다. 기업의 최고경영자로서, 경영학도로서 큰 업적을 남긴 게 뭐가 있을까. 또 젊은이들을 가르친다면서 단순지식을 전달한 것 외에 무엇을 더 가르쳐 왔단 말인가.

그리고 느지막이 수필문단을 기웃거리며 문학에 뜻을 두어 보았지만 문학적 소양 쌓기는 아직 어림도 없고, 시대 상황에 맞서 저항의 글을 쓰지도 않으면서 부정과 비리로 얼룩진 세태를 강 건너 불구경 하듯 하고 있으니 다만 부끄러울 따름이다.

아직도 남이 하는 말에 마음이 쓰인다. 그리고 세월을 더해 갈수록 꿈도 열정도 식어 가고 허물의 두께만 켜켜이 쌓인다. 오늘도 오염된 세태와 적당히 타협하면서 이해타산용 계산기를 들고 세상을 헤엄치고 있으니 '오노마'에 담겨 있는 좋은 의미는 어느 것 하나도 찾아보기 어렵다.

'광호'라 불리던 시절로 되돌아가고 싶다. 이제라도 광호란 이름으로 개명(改名)을 하면 그때 모습으로 다시 살아갈 수 있을까?

광고와
모델

　　"잘나가는 인기 연예인 한 사람 소개해 주십시오. 여성이면
더 좋겠습니다."

　모 회사 사장이 간곡하게 부탁하는 말이었다. 내게 올 때는 분명 광
고에 관한 자문을 요청한다고 했는데 엉뚱한 말부터 꺼내는 걸 보니,
내가 모델 소개업이라도 하는 줄 알았던 걸까? 혹 딴 생각이 있어서
그런 소릴 하는지 의아해서 "뭐하려고 그러느냐?" 물었더니 신제품
광고 모델이 필요하다는 거였다. 광고를 하려면 사전에 기획하고 확
인하여야 할 수많은 단계가 있는데, 그는 그런 게 뭐 그리 중요하냐
는 거였다. 이쯤 되면 답하는 쪽도 더 할 말이 없게 된다. 내 대답은
간단했다.

　"나는 인기 연예인과 한 동네 살기는 하지만 인사를 나눈 적도 없
어요. 여성은 더더욱 모르고."

원하는 모델이 있으면 당사자에게 직접 알아보면 될 일이 아닌가. 나는 그 사장에게 이렇게 권고의 말을 전했다.

"소비가 위축되고 경제가 어려울 때는 일을 신중하게 추진해야 합니다. 더구나 광고는 더 세밀하게 검토해서 과학적으로 진행해야 합니다. 인기 모델이 문제가 아니지요. 순서가 잘못되었군요."

자기와 코드가 맞지 않는다고 생각했는지, 그는 어정쩡한 표정으로 돌아갔다.

그러고 보니 우리나라 광고 행태가 생각난다. 요즈음엔 모델 없는 광고가 별로 없고, 인기 연예인이 단골로 등장한다. 잘나가는 모델은 여러 광고에 겹치기로 출연하여 소비자는 하루에도 여러 번 같은 얼굴을 보게 된다. 그럴 때마다 나는 두 가지 근심에 잠긴다. 하나는 그 모델이 얼마나 바쁘고 피곤할까 하는 점이고, 또 하나는 독특한 개성과 감성의 벽을 쌓고 있는 현대인에게 그 광고가 과연 어떤 감동과 영향을 줄 수 있을까 하는 점이다.

우리나라도 이미 88서울올림픽을 기점으로 '선진국형' 광고시장에 진입했다. 우선 규모가 그렇고 기법 면에서도 상당한 발전을 이루었다. 하지만 우리 광고는 요란한 꽹과리 소리처럼 시끄럽기만 하다. 어떤 광고에서는 유명 연예인이 아슬아슬한 옷차림으로 목청을 높이지만 핵심이 없다. 어떤 메시지를 전달하고자 하는지 알 수가 없다.

신문에는 하루 평균 700여 개의 광고가 실리지만 독자에게 감동을 주는 광고가 과연 몇 개나 될까. 유명 모델 얼굴만으로 소비자를 얼마나 설득할 수 있을까. 이런 광고는 결국 비싼 모델료만 지불하고 효과는 보지 못하는 결과를 초래할 뿐이다.

우리 광고 중에서도 민족 고유의 감성을 일깨우며 진한 감동을 주는 광고가 더러 있다. 효도성 내용이거나 정(情)을 담은 '신토불이형' 광고가 그것이다. 하지만 광고기법이나 감성적 설득 면에서는 미흡한 실정이다. 설득의 심리학을 모르기 때문이 아닐까.

며칠 후 다시 그 사장이 찾아왔다. 일전에 들려준 말이 약효가 있었는지 어떻게 하면 좋겠느냐고 물었다. 또 인기 연예인을 찾는 것이냐고 물으니 이번엔 효과적인 광고 방법을 알고 싶단다. 이제야 깨닫는구나 싶어 선진국에서 마케팅에 성공한 광고 중 폐부를 찌르는 감동과 함께 완벽한 설득과 영향을 미친 몇 가지 사례를 소개했다.

#1

"시집도 안 간 처녀가 홀로 아기를 잉태했습니다. 세상 사람들의 입방아에 올라 몹시 시끄러웠습니다. 또 째지게 가난한 집안에서 무려 열다섯 번째 아기를 가졌습니다. 게다가 귀머거리에 장님인 아기를 임신한 경우도 있었습니다. 그런데 낳고 보니 첫 번째 아기는 바로 '예수 그리스도'요, 두 번째는 감리교 창시자인 '존 웨슬리'이고, 세 번째는 악성(樂聖) 베토벤'이었습니다. 이래도 낙태를 허용해야 되겠습니까?"

이것은 낙태 허용을 반대하는 생명 존중 캠페인 광고였는데 반대할
이유가 전혀 없는 완벽한 광고였다.

#2

미국에서는 평균적으로 여성 4명 중 1명이 강간을 당한다는 통계가
있다. 이를 방지하기 위한 모금운동이 전개되었는데, 처음 광고 내용
은 "우리 사회는 지금 4명 중 1명이 강간당하고 있습니다. 모금에 참
여해 주시기 바랍니다"였다. 그러나 성과는 형편없었다. 이유는 간단
했다. 메시지에 감동이 없어서 광고를 보는 이들이 '남의 일'로 여겼
기 때문이다. 이를 본 전문 광고인이 참신한 아이디어를 냈다.

"강간당하는 4명 중 1명은 바로 우리 아내, 딸, 누이동생, 어머니일
수도 있습니다. 우리 모두 모금에 동참합시다."

이 광고가 나가자 모금액이 상상을 초월할 정도로 늘어났다. 보는
이가 남의 일이 아닌 '자신의 일'로 여겼기 때문이다.

#3

인파가 줄지어 서 있는 장면이 칸막이 밑으로 보인다. 인파의 다리
를 보면 촘촘하게 서 있는 걸 한눈에 알 수 있는데, 유독 한 여성만이
앞사람과 간격이 멀리 떨어져 있다. 앞에 세울 사람이 있다거나 새치
기의 기회로 착각하면 큰 오산이다. 칸막이 뒤로 가서 이유를 살펴보
면 바로 그 여성의 큰 앞가슴 때문이란 사실을 알게 된다. 바로 '브래

지어' 광고였다. 재치와 위트가 넘치지 않는가. 이 광고 후 판매액은 수직 상승 그래프를 그렸다.

#4

근대 광고의 아버지라 불리는 데이비드 오길비는 1911년에 태어났는데, 그의 업적을 기리는 광고에는 수명 표시에 (1911~)로 표기되어 있다. 실제로 그는 1999년에 사망했지만 그의 영원성을 나타내는 방법으로 사망연도를 표시하지 않은 것이다. 그 광고 하단에는 다음과 같은 글귀가 새겨져 있다.

"Great Brand lives forever."

이 네 가지 사례에는 유명 연예인을 전혀 찾아볼 수 없다. 현란한 몸짓이나 소음도 없다. 그런데 감성에 호소하는 힘이 넘친다. 비용도 안 들이고 번뜩이는 창의성만으로 제작된 작품인데 보는 이에게 큰 감동을 주었으며, 의도한 대로 완벽한 설득과 영향을 끼쳤다. 이것이 진정한 걸작품이다.

1886년 2월 〈한성주보〉에는 우리나라 최초로 '고백'이란 제목의 광고가 실렸다. 과연 무엇을 고백했을까. 그것은 다름 아닌 독일의 '세창양행'이란 무역회사가 우리나라에 들어와서 하는 일을 소개한 것이었다. 광고를 하면서 '고백'이란 단어를 사용한 것이 특이하고도 참신하다. 진실이 담긴 것처럼 느끼게 하니 말이다.

흔히 예수 그리스도가 제자들에게 가르친 '기도문'을 명문장이라 일컫는다. 사용된 단어는 겨우 60개에 불과하지만 그 안에 함축된 진실이 가득 담겨 있기 때문일 것이다. 성서에 사도 바울이 고린도 지방 사람들에게 보낸 편지(고린도 전·후서)는 읽는 이를 숙연케 한다. "비록 방언이나 천사의 말을 할지라도 사랑이 없으면 요란한 꽹과리 소리가 될 뿐이다"라고 했다. 메시지의 핵심이 눈부시다. 남을 속이는 거짓말로 소리만 요란한 오늘의 허위, 과장 광고를 다시 생각하게 된다.

사회문화를 형성할 뿐만 아니라 개개인의 생활태도까지도 변화시키는 광고 기능은 그 의미가 너무도 크다. 진실은 접어 둔 채 유명 연예인만을 내세워 소비자를 착각하게 하려는 오늘의 광고 방식이 언제까지 수명을 지탱할지 두고볼 일이다. 새 상품을 광고하려는 그 사장도 '고객에 대한 사랑과 진실을 담아 고백하는 마음으로' 광고를 하게 되기를 고대해 본다.

M&A (인수합병)의 뒤안길

뜻하지 않은 IMF 사태로 나라 전체가 홍역을 치를 때, 여러 기업체를 운영하던 나도 예외 없이 급류에 휩쓸리고 있었다. 그렇게 된 원인 중에는 물론 경영자인 내 잘못도 있었지만 남의 잘못도 컸다. 거래하던 기업들의 연쇄부도로 경영이 어려워졌으니, 말하자면 교통 신호 대기 중에 뒤차가 달려와 추돌한 거나 마찬가지였다. 어쨌거나 그때 기업의 생존을 위해 타 기업과의 인수합병을 시도하면서 동분서주하던 쓰라린 기억이 지금도 생생하다.

며칠 전 퇴근 무렵 친구 아들 결혼식에 참석하였다. 신랑 쪽 하객들이 줄을 서 있는 틈에 나도 끼어 혼주와 인사 차례를 기다리고 있었다. 그런데 바로 앞에 있던 부인들의 소곤대는 말이 들렸다.

"신부 쪽 가세(家勢)가 너무 기울어 살다가 풍파나 없을지 걱정이래."

"그래? 신랑 쪽이 잘사나 보지?"

"신랑 아버지가 큰 회사 회장이래. 시어머니는 고위 공직자고⋯."

그러고 보니 신부 쪽은 하객이 별로 없어 보였다.

곧 예식이 시작되었다. 두 가정의 M&A가 성립되는 순간이었다. 예식이 진행되는 동안 주례는 신랑 신부를 위한 삶의 지침 따위는 덮어 두고 신랑 부모에 관한 얘기를 필요 이상으로 길게 늘어놓았다. 듣자니 아무래도 부자연스러운 혼사인 듯했다. 머리를 숙인 채 앉아 있는 신부 부모의 모습이 안돼 보였다. 오늘 새로 탄생하는 저 부부가 양가의 가세와는 무관하게 부디 행복하길 빌 뿐이었다.

얼마 전 잡지에 재벌과 유력 인사 집안 간 혼맥(婚脈)에 대한 기사가 실렸다. 그동안 우리나라 38대 재벌과 88개 유력 가문 간에 혼인이 이루어져 361명의 가족이 서로 인척 관계를 맺고 있단다. 내로라하는 인사들의 이름이 거의 다 열거되었으니 마치 유명 인사 인명록을 보는 듯했다.

혼인도 따지고 보면 집안 간의 M&A다. 그들이 서로 사돈을 삼게 된 선택 조건은 과연 무엇이었을까? 자녀들이 어렸을 때부터 가깝게 지내다 보니 결혼에 이르게 되었을까? 혹시 부(富)나 권력이 서로 필요하여 선택 조건으로 삼은 건 아니었을까?

집안 간의 인수합병이 또 하나 있다. 바로 '양자 들이기'다. 시골에서 논 섬지기나 가진 분이 말년에 자식이 없어 고민하다가 친족의 아들을 양자로 삼아 '호적상의 대(代)'를 잇는 걸 본 적이 있다. 호적을 옮기는 조건으로 생부모에게 많은 재산을 떼어 주었음은 물론이다. 말하자면 인수합병이란 방법을 통하여 인위적으로 부모 · 자식 관계를 이룬 셈이다. 사람마다 그다지도 목말라하는 '대를 잇는다'는 건 도대체 무슨 의미일까?

지난 얘기가 생각난다. 독자인 내가 사십 대에 접어들 때까지 딸만 두고 아들이 없자 집안 어른들이 들고 일어난 적이 있다. 손(孫)이 귀한 집안에서 이대로 가면 대가 끊기니 밖에서라도 아들을 낳아 오라는 것이었다. 하긴 함(咸)가네 집안이 멸종 단계에 이른 희귀종처럼 일 년 내내 같은 성 가진 사람 만나기가 하늘의 별따기니 그럴 만도 했다.

어른들의 서슬 퍼런 위세에 눌렸던지 아내도 찬성이었다. 그때만 해도 그런 일들이 꽤 성행하던 시절이었으나 나는 단호하게 거절했다. 세월이 지난 지금은 "그때가 내놓고 바람 피울 절호의 기회였는데…"라고 우스갯소릴 하지만, 그때나 지금이나 대를 잇는 문제로 애태우는 사람을 보면 왠지 미개인 같다는 생각을 지울 수가 없다.

기업 간의 인수합병이든, 집안 간의 혼사, 양자 들이기를 막론하고 절차와 형식이 다를 뿐, 따지고 보면 모두 편짜기와 짝짓기나 다름없다. 기업은 어려운 경제 환경에서 살아남기 위해 때로는 적과의 동침도 불사해야만 한다. 불리한 조건인 줄 알면서도 머리 숙이고 흡수당하는 기업이 있는가 하면, 반대로 흡수하는 쪽은 마치 점령군처럼 위세를 부리기도 한다. 우호적이 아닌 적대적 합병일 때는 여지없이 요란한 불협화음이 생긴다. 그리고 그 기업은 상처만 남긴 채 짧은 수명을 마감한다.

겉으로만 그럴듯한 혼사는 어떤가. 새 가정을 꾸리자마자 혼수 시비로 시작하여 상속 재산까지 계산하다가 파경에 이르는 경우는 얼마나 많던가.

기업이나 가정 간에 상생의 M&A를 이루는 방법은 없을까?

문제는 진정한 합병 정신, 마음의 합병이 중요하지 않을까 싶다. 겉으로는 서로 합치면서 강자와 약자로 나뉘어 불화가 지속된다면 애당초 합치지 않음만 못할 테니 말이다.

유력 집안 간의 혼사를 바라보는 세간에는 '끼리의 부와 권력의 상속'이라는 곱지 않은 눈길이 있다. 그들이 부와 권력을 사돈 선택의 조건으로 삼아 세인의 지탄을 받지 말고, 그 대신 상대 집안의 올바른 정신과 고결한 삶의 모습을 선택의 제1조건으로 삼는다면 틀림없이 축하와 존경받는 혼사로 기억될 듯싶다.

이렇게 말하면 "유력 집안은 모두 올바른 정신과 고결한 삶의 모습이 없다는 말이냐"고 항의할 수도 있겠으나, 내게도 아직 할 말은 남아 있다.

"다 그렇지는 않지만 대부분이 안 그렇다고 보는 거지요."

경계인(境界人)

    몇 해 전, 외국에 나가 있던 모 인사가 언론의 화려한 스포트 라이트를 받으며 귀국하여 재판을 받은 적이 있다. 그를 옹호하는 쪽에서는 비록 실정법(實定法)은 어겼으나 과거 행적으로 보아 굳이 따질 일이 아니라고 했고, 또 다른 편에서는 현행법상 적성국의 고위 간부 명단에도 끼어 있었으니 죄인이 아니냐고 했다. 그때 회자된 단어가 바로 '경계인(境界人)'이었다.

    '경계인'이란 단어가 처음에는 생소하게 들렸지만 살아가면서 나야 말로 경계인이란 생각을 자주 하게 된다. 초면에 인사를 나눌 때 "어떤 일을 하시나요?" 하고 상대방이 물으면 나는 잠시 머뭇거리다가 "여러 가지 일을 합니다"라고 답한다. 한마디로 '경계인'임을 자백하는 셈이다. 직업을 묻는 말에 이처럼 어정쩡하게 하는 답은 곧 '특별히 하는 일이 없다'는 말도 된다. 어떤 이는 "그럼 점포에서 여러 가지

품목을 취급하시나요?"라고 확인하는 이도 있었으니까.

이럴 때는 말문이 막히지만 내 답이 전혀 틀린 건 아니다. 실제로 이런저런 일을 하고 있으니 말이다. 어쩌다보니 본의 아니게 여러 가지 일을 하게 되었고, 그래서 명함도 여러 개를 지니고 다닌다. 때와 장소에 따라 적절하게 사용하기 위해서다.

요즘 여기저기서 '경계인'이 속출하고 있다. 해외교포 청년이 국내에서 연예인으로 활동하다가 병역 의무를 지게 되자 이리저리 저울질해 보고 국적을 포기한 사례도 있었고, 장관직에 있던 이가 알고 보니 국적이 미국으로 되어 있어 빈축을 사기도 했다. 하지만 뭐니 뭐니 해도 경계인의 대표급은 '정치인'이 아닐까. 선거 때마다 소속 당을 바꾸고 이해관계에 따라 이합집산을 거듭하니 양심도 소신도 없는 그들의 이력서가 바로 그 증거다.

어떤 이는 "그들은 경계 자체가 아예 없다. '주야야여(晝野夜與, 낮에는 야당, 밤에는 여당)'도 밥 먹듯 하니까 경계인 축에도 못 끼는 '무경계인'이다"라고 혹평하기도 한다. 그렇게 본다면 경계인은 그래도 무경계인보다는 한 등급 위로 봐준다는 말이 되는 것 같은데, 그렇다면 나는 어느 부류에 속하는 것일까?

돌이켜보면 나의 '경계인 이력서'도 만만치 않다. 우선 해 온 일이 그랬다. 일 욕심 때문일까, '경영의 다각화'란 명분으로 기업 수가 늘어나는 등 하는 일엔 늘 가짓수가 새끼를 쳤다. 다만 비중을 더 둔 일이 있었을 뿐, 양다리 또는 세 다리를 걸치고 산 셈이다. 그러다 보니 어느 것 하나 제대로 이룬 게 없다. 이렇듯 경계를 침범한 것은 좋게 말해 '의욕적'이지 않느냐고 자기 합리화를 해 본다. 그러나 핑계에 지나지 않을 뿐, 따지고 보면 모두 탐욕에서 비롯된 것이요, 자기 과시 때문에 저질러진 흠이다.

일뿐인가. 삶의 모습도 그랬다. 올바른 삶, 도덕과 윤리면에서도 성(聖)과 속(俗)의 경계를 자신도 모르는 사이에 왕래하기도 했다. 정신분석학에서 '인간에게는 원초적 이중성이 있다'고 규명했지만, 때로는 월경(越境)도 모자라 자의로 경계를 수정하기도 했으니 월경죄를 저질러도 이만저만이 아니다. 선과 악은 어렴풋이 구별하면서도 아직도 '이브의 사과' 같은 유혹을 뿌리치지 못하는 인간의 속성에서 헤어나지 못하고 그어 놓은 금(線) 밖으로 나가면 안 되는 줄 뻔히 알면서도 그 선을 넘나들었으니, 아직도 거듭나지 못하고 무명(無明) 속을 헤매는 중이다.

사회학에서 '절대선(善)과 절대정의(正義)는 수학의 다차원함수의 접근선일 뿐 목표는 되지 못한다'고 했던가. 경계선 근처 어디쯤에 중간지대라도 있으면 좋으련만…. 내게 비친 경계선은 백지에 그어진 먹줄처럼 선명하기만 하다. 그러고 보니 가끔 장자(莊子)의 호접몽(胡蝶夢)을 꾸어 보고 싶다. 나비처럼 훨훨 날아다니며 꿈과 현실, 경계의 선을 자유롭게 넘나들고 싶을 때가 있기에….

단절이 남긴
것들

한 달여 동안 먼 곳에 다녀왔다. 일상에서 잠시 탈출을 한 셈이다. 그러다 보니 하던 일을 멈추고 살가운 이들과의 단절도 겪게 되었다. 온종일 날아가는 비행기에 오르면서 시작된 일상과의 단절은 목적지에 도착한 후, 다시 다른 지역으로의 출장에서 또 한 번, 그리고 폭설로 공항이 폐쇄되어 한정된 지역 안에 갇히면서 계속되었다.

미국 동북부 지역의 세찬 눈보라는 '삭풍은 나무 끝에 불고 명월은 눈 속에 찬데'라는 시구(詩句)를 연상케 했다. 공항 내 호텔방에서 창밖에 줄지어 서 있는 항공기들과 텅 빈 활주로를 바라보는 심경을 어떻게 표현해야 적절할까. 마치 '새장에 갇힌 새' 같았다. 사람의 모습과 말은 물론 음식도 풍습도 전혀 다른, 내가 살던 무대가 송두리째 바뀐 낯설고도 답답한 단절의 연속을 겪었다.

누구는 복잡하고 분주한 일상에서의 탈출이 부럽다고 한다. 하지만 남의 사정을 모르고 하는 말이다. 놀러가는 길도 아니고 부득이하게 떠나는 것이니 부담스럽기만 했다. 탈출은커녕 오히려 '또 다른 일상'이 저편에서 기다리고 있었으니까. 낮과 밤이 뒤바뀌니 전화 걸기도 여의치 않고, 늘 낯선 사람과 부딪치며 생소한 언어를 써야만 했다. 그뿐인가. 쉽게 환산하기도 어려운 남의 나라 돈을 지불해야만 커피 한 잔이라도 마시게 되고, 시차를 극복하는 것도 쉬운 일이 아니니 불편한 점이 한두 가지가 아니었다.

어딜 가나 인파가 붐비기는 매한가지. 세미나 장소는 물론 길거리도 수많은 군중들로 넘쳤다. 처음 보는 사람도 눈길만 마주치면 웃으며 "하이!"를 연발하고 여성들은 윙크까지 보냈지만, 마음은 늘 첩첩산중에 고립된 것 같았다. 지구상에서 제일가는 문명국이건만 익숙지 않은 그곳은 내게는 광야였고 외로운 나그네요 이방인이었다.

"누구 한 사람 알아주는 이 없는 인파 속을 헤집고 다닐 때처럼 고독을 느끼는 경우는 없다"는 괴테의 말처럼 수많은 인파 사이에서 고독을 맛보았다. 말 그대로 '군중 속의 고독'을 절감했다.

살던 무대와의 일시적 단절이 있었지만 그렇다고 전혀 소득이 없었던 건 아니다. 새로운 얼굴들을 만나 서로 삶과 경험, 지식, 감동을 주고받았다. 그뿐만이 아니다. 청운의 뜻을 품고 이국땅에 와서 온갖 고생을 마다하지 않는 젊은이들과의 만남은 큰 보람이었다. 미래지향적으로 살아가는 그들의 이상과 자세가 어느덧 흐트러지려는 나의 삶에도 청량제가 되었다.

일요일이면 대학 구내에 있는 겨자씨교회에 모여 자기 성찰과 함께 꿈과 신념을 다지는 모습이 참으로 보기 좋았다. 이미 마흔이 다 된 나이에 기러기 가족이 된 채 새로운 뜻을 세우고 도전하는 이들도 있었다. 그들이 자신들보다 긴 세월을 살아왔다는 이유만으로 내게 조언을 구했을 때, 부족한 내가 무슨 말로 저들을 위로하며 격려할 수 있었으랴. 나는 시구를 인용하여 답을 대신했다.

"어려움이 많지요? 하지만 흔들리지 않고 피는 꽃이 어디 있던가요? 연단은 인내를, 인내는 새 소망을 낳는다고 했지요. 쓰고 지우고 다시 새기는 여러분의 노래가 오늘이 되게, 내일이 되게 하세요. 그러면 반드시 꿈은 이루어질 것입니다."

'단절'에 대한 응보(應報)였을까. 다시 돌아온 나를 기다리는 건 150여 건의 전화 메모와 300여 통의 이메일, 책상 위에 수북이 쌓인 서류들이었다. 그리고 '그렇게 무심할 수 있느냐'는 원망이 담긴 핀잔도 들었다. 그간의 단절이 홀대로 비쳐졌던 것일까.

'돌아온다는 것'은 떠나온 곳과 다시 헤어지는 것이니 결국 또 하나의 단절을 저편에 남기는 셈이다. 의지 하나만으로 맨땅에 헤딩하듯 미지의 세계에 뛰어든 두 철부지 자식을 그 광야에 남겨두고 왔으니, 단절이 하나의 범죄라면 나는 누범자가 되고 있는 셈이다.

그러나 생각해 보면 단절이 꼭 나쁜 것만은 아닌 것 같다. 보고 싶었던 이에 대한 그리움을 더 키우고 기쁜 해후를 예비하니까 말이다.

"산은 움직이지 못하니까 찾아갈 수도 만날 수도 없다. 그러나 사람은 서로 찾아갈 수 있다. 그러니까 언젠가의 기쁜 해후를 믿자"라는 미국 속담을 떠올리며 보고 싶었던 이에게 전화를 건다.

댁이
어디세요?

처음 만나거나 헤어질 때 "댁이 어디세요?"란 질문을 주고받
게 된다. 별 뜻 없이 묻는 말이겠으나 때로는 동네 이름에 따라 '사는
형편'을 가늠하는 것 같아 신경이 쓰인다. 특히 강북 지역에 사는 이
가 물을 경우가 그렇다. 그때마다 나는 "○○동에 삽니다"라고 답할
뿐, 절대로 남(南)과 북(北)을 구분하지 않는다. '강남·강북'이란 단어
가 자칫 편가르기와 지역 감정 부추기기에 사용되어 온 사실을 잘 알
기 때문이다.

우리 사회에 '강남(江南)'이란 말이 나쁜 의미로 회자된 지도 꽤 오
래되었다. 오래전 김 아무개 서울시장이 '가자, 영동으로!'라는 슬로
건을 내걸고 강남 지역 개발에 착수한 이후 땅값이 오르는 지역이란
이유로, 또는 잘사는 사람들이 모인다는 이유로 세인들의 입방아에 오
르내렸다. 어느 대통령 집권 때는 '악의 온상'처럼 매도되었고, 강남

을 비난하여 득(?)이 된다고 믿는 일부 목회자들은 성서에 나오는 멸망
의 도시 '소돔과 고모라'에 비유하기도 했으니 참으로 딱한 노릇이다.

지난 역사를 돌이켜보면 조선시대에는 사색당파로 갈리어 정쟁(政爭)
을 일삼았고, 작은 나라에서 남북이 갈리어 대치하는 터에 어느 정권
시절엔 영호남으로 갈려 정치적 이득을 꾀했다. 게다가 비좁은 서울
까지 남북으로 선을 긋고 지역 감정을 부추겨 왔다.

어디 그뿐인가. 가는 곳마다 혈연, 학연, 지연에다 명분만 있으면 파
(派)가 생긴다. 대학에 가면 교수 3명에 4파가 있을 정도니 '3인4파'
란 말이 생겼고, 심지어는 '교도소 동기회'도 있다니 우리 민족은 '파
벌 짓기 DNA'라도 타고난 것일까.

가끔 언론에 발표되는 쓸데없는 통계도 있다. '우리나라 CEO와 고
위 관료들, 일류대학 입학생들 주소지가 대부분 강남이고 학교는 어
느 학교 출신'이라는 기사가 그렇다. 도대체 왜 이런 기사를 쓰는 것
일까. 이런 기사는 분명 사회성이 떨어지는 몰지각한 자들이 쓴 게 틀
림없다.

강남에 산다는 이유로 욕먹는 이유가 도대체 뭘까를 생각해 본다.
우선 젊은이들을 살펴본다. 극히 일부가 잘못되는 경우도 있으나(강북
이라고 모두 모범생만 사는가) 대부분 열심히 공부하며 자기 계발에 열성을
쏟는다. 어른들은 어떤가. 새벽기도를 가 보면 입추의 여지없이 교회

를 가득 메우고 간절히 기도하는 모습을 보게 된다. 일상생활에서의 성실함은 물론 봉사도 신앙생활도 모두 열심이다. 강남이 강북에 비해 더 죄악의 온상처럼 비판받는 이유가 무엇일까.

나도 강북에 오래 살았다. 불광동, 기자촌, 역촌동, 구산동에 살면서 젊은 시절을 보냈다. 젊은 혈기와 정의감으로 민주화운동, 인권운동에 헌신하는 분들과 함께 고난의 세월을 보냈다. 딸들이 예일초등학교와 중학교를 다녔고, 은평교회에 출석한 지도 어언 30여 년이 되었으니 (직업상 강남으로 이사와 살고 있을 뿐) 내게는 제2의 고향이나 다름없다. 그러기에 '하나님은 도처에 계시건만' 오늘도 강북에 있는 교회를 향하여 먼 길을 달려간다. 정든 교회, 살가운 성도들과의 만남이 기쁘기 때문이다.

바야흐로 글로벌 시대, 바운드리스(boundless) 시대다. 모든 경계가 무너지고 '하나로 통합되어야 한다'는 절실함이 과제로 남아 있다. 대한민국 첫 우주인 이소연 씨가 "우주선에서 바라본 한반도는 하나였다"고 했다. 안 그래도 작은 땅덩어리에서 남북, 동서조차 구별하기 어렵거늘 서울의 강남북은 왜, 어떻게 구별되었을지 몹시 궁금하다. 아무래도 정치인이 그 답을 내놓아야 하고 개선도 해야만 할 것이다.

어떤
결혼식

　　며칠 전 불행을 딛고 일어서려 애쓰는 친지의 결혼식에 갔었다. "신랑 신부 동시 입장 순서입니다. 하객들께서는 박수로 맞이해 주시면 감사하겠습니다."

　사회자의 안내에 따라 주인공의 입장이 시작되었는데, 순간 뜻밖의 정경을 보면서 눈시울을 붉히고 말았다.

　일반 예식 순서로 보면, 신랑은 혼자 입장하지만 신부는 웨딩마치가 울려 퍼지는 가운데 친정아버지의 인도에 맞춰 우아하게 입장한다. 그런데 그날은 무려 열 쌍의 신랑 신부가 동시에 입장하는 것이었다. 계단을 내려오는 신랑 신부들의 발걸음이 더뎌 꽤 긴 시간이 소요되었다. 발을 저는 신랑, 앞이 안 보이는 신부, 허리가 굽은 신랑도 있어 옆에서 부축하는 도우미도 함께 입장하는데, 긴 드레스가 자꾸 발에 밟혀 오히려 방해가 되기도 했다.

"여러분은 지금까지 어려운 세월을 잘 극복하며 살아왔으니 앞으로도 용기를 내어 힘차게 살아가실 줄 믿습니다."

주례의 간절하고도 애정 어린 주례사가 이어졌다. 알고 보니 주인공들은 이미 오랜 세월 부부로 살아왔지만 이런저런 사정으로 제때 혼례식을 치르지 못했을 뿐이었다. 궁핍한 생활 때문에, 또는 신병을 치료하느라 예식을 못 올린 채 십수 년을 살아오다가 어느 뜻있는 기관의 배려로 합동결혼식을 올리게 된 것이었다. 그리고 보면 그날은 처음 만나 백년가약을 맺는 그런 결혼식이 아니라 단지 '면사포를 써 보는 날'이기도 했다.

하객들 눈가에 이슬이 맺혔다. 지난 세월 슬픔과 회한을 안고 살아온 저들의 속사정을 알고 있기 때문일 것이다. 하지만 신랑 신부들은 모두 기뻐했고 앞날을 새롭게 설계하는 모습이 역력했다.

그날 주인공 중 한 신부는 어려서 주경야독할 때 내가 직장을 알선해 준 인연이 있었다. 어린 나이에 낮에는 일하고 밤에는 학교에 다녀야 했으니 그 고생을 어찌 다 말할 수 있으랴. 나는 그의 불우한 지난날을 알고 있기에 행복한 가정을 이루기를 두 손 모아 기원하는 터였다.

하지만 착하고 성실한 그에게 불행의 그림자는 오랜 세월을 두고 따라다녔다. 그러다가 얼굴에 실주름이 가득한 나이 오십이 된 이제야 배우자를 만나 몇 년째 살다가 뒤늦게 예식을 갖추게 되었으니 불공평한 세상이 원망스러울 뿐이었다.

예식이 끝난 후 식당에 마주 앉은 신부에게 격려의 말을 건넸다.

"약도 잘 챙겨 먹고 행복하게 잘 살아야 해, 알았지?"

"네, 노력할게요. 고맙습니다."

두 사람 모두 주고받는 말 속에 눈물이 담겨 있었다.

울적한 마음으로 집에 돌아와 밤 9시 뉴스를 듣다가 어느 인기 배우
의 결혼 소식을 들었다. '인기 배우 아무개가 어느 날 어느 장소에서
결혼식을 올렸다'는 내용이었다. 다음 날엔 신문에도 보도되었다. 단
순한 결혼 소식만이 아니었다. 신랑은 누구이며 그 아버지는 어떤 경
력의 소유자이고 재산은 얼마이며 지난날 누구누구와 친분이 있었다
는 것까지 소상하게 밝혀 놓았다. 그뿐만이 아니었다. 예식장에 누가
왔었고 신혼여행은 어디로 간다는 것까지 사진을 곁들여 장황하게 소
개하였다. 마치 나라를 구한 우국지사에게 큰일이라도 생긴 것처럼.
방송사가 제정신이 아닌 듯싶었다.

어느 한 개인의 일을 두고 그렇게 떠들어 대는 언론을 도저히 이해
할 수 없다. 더군다나 밤 9시 뉴스라면 그날의 주요 뉴스만 골라서 보
도하는데, 한 개인의 일상이 우리에게 그렇게 중요하단 말인가.

하긴 수년 전에도 어느 인기 탤런트가 시집가는 데 혼수 비용은 얼
마고 집은 얼마짜리라고 떠들어 댄 적이 있어 국민의 빈축을 사기도 했
었다. 누구 한 사람의 결혼이 그렇게 중요하다면 그가 이혼은 안 하고

잘 사는지, 부부싸움은 어떻게 하는지 두고두고 보도해야 하는 것 아닐까? 변두리 건물을 빌려 세인의 무관심 속에 치러진 열 쌍의 결혼식은 흔적도 없이 묻혀 버리고 말았으니 세상은 불공평하기 짝이 없다.

언론과 세인들에게 묻고 싶다. 한 쌍의 부부와 열 쌍의 부부 중 어느 쪽이 더 소중한지, 숫자의 많고 적음도 그렇지만 열 쌍이 갖고 있는 사연의 깊이와 기쁨의 크기가 어찌 한 쌍의 그것과 비교가 되는지 따져 보고 싶다.

'사람 밑에 사람 없고 사람 위에 사람 없다'는 평등정신은 도대체 어디로 갔을까? 열 쌍의 부부가 비록 가진 게 없고 내세울 게 없을지라도 튼튼한 마음의 동아줄로 서로를 묶어 행복하게 살아가기를 빌면서 울분을 삭일 뿐이다.

재치 있는
송별사

싱그러운 새봄을 맞은 엊그제, 열정과 끼를 발산하며 공부해 온 젊은이들의 수료식이 있었다. "선배님들의 앞날에 무한한 영광과…." 수료식에서 송별사를 읽던 후배 학생이 잠시 뜸을 들였다. 보나 마나 그 뒤에 오는 말은 '행운이 깃드시길 빕니다'이겠지 했으나, 뜻밖에도 그게 아니었다. 이어진 말은 "무한한 현찰과 부동산, 그리고 주식이 넘치시기를 빕니다"였고, 장내는 환호와 폭소의 도가니가 되었다.

수료식은 환호와 격려 속에서 진행되었다. 멀리서 힘겹게 휠체어를 타고 늦게 도착한 동기생에게는 각별한 배려와 격려가 있었다. 엘리베이터에 오를 때는 서로 부축해 주고 화장실 갈 때도 업어 주는 그 우정이 눈물겨웠다. 순서 도중에 눈물을 보이는 젊은이도 있었다. 아마도 정든 벗들과 함께 열정을 불태우던 배움의 터전을 떠나는 아쉬움, 그리고 앞으로 다가올 미지의 세계에 대한 두려움 때문이었을 것이다.

열정과 창의력으로 새로운 지식을 갈고닦은 그들이지만 막상 험한 세상으로 떠나보내려니 축하의 마음보다 안쓰러움이 앞섰다. 실력을 갖추었다 해도 취업하기가 하늘의 별따기인 현실이 안타까워서였다. 기량을 한껏 발휘한 수료 작품이 발표되고 우수상과 수료증이 수여될 때마다 그들은 해당자의 이름을 연호하며 장내가 떠나갈 듯 환호했다. 먼 훗날 꿈을 이룬 승리자에게 보내는 갈채를 미리 보내기라도 하듯.

그 장면을 지켜보며 나는 가슴이 벅찼다. 그리고 이제까지의 삶의 여정이 주마등같이 스쳤다. 지난 세월 나름대로 열정을 바쳤고 실패와 성공을 반복해 왔지만, 지금처럼 보람과 기쁨을 느낀 적은 없었다. 그동안 배출해 낸 8천여 명이 1988년 서울올림픽을 기점으로 선진국 수준에 진입한 이 나라의 홍보 마케팅 산업 현장에서 땀흘리며 내일을 기약하고 있다는 사실이 자랑스러웠다.

그동안 이 교육 사업을 위해 많은 사재(私財)가 투입되었다. 만일 내가 지금쯤 주식이나 부동산 투기로 돈을 벌었다면 어땠을까. 은행에 자주 드나들며 돈 헤아리는 재미야 있었겠지만 어찌 이런 기쁨, 보람과 비교할 수 있었으랴. 공자가 왜 '배우고 익히는 즐거움(學而時習之不如樂呼)'을 그토록 강조했는지 절감하는 순간이었다.

수료생에게 격려의 말을 전하면서 나는 소망의 메시지를 담았다.

"미국 예일대학에서는 입학생들에게 '평소 목표를 설계하고 그 달성을 위해 노력하는가'에 대한 설문조사를 합니다. 조사 결과 3퍼센트에 해당하는 학생만이 그렇게 하고 있었습니다. 20년이 지난 후 그들이 과연 어떤 삶을 살고 있는지를 다시 추적해 본 결과, 3퍼센트에 해당했던 그 학생들이 역시 훌륭한 인재가 되어 국가와 사회에 리더로서 기여한다는 통계가 나왔습니다. 이것이 바로 불변의 경험법칙입니다. 여러분에게는 바로 지금이 미래를 위해 목표를 설계하고 씨를 뿌려야 할 시기입니다. 농부가 365일 농사를 지어도 씨 뿌리는 기간은 단 7일에 불과한 것처럼…."

가르침의 보람이란 각별한 것 같다. 나는 어려서부터 거실 벽면에 걸린 '육영위락(育英爲樂)'이란 액자를 보며 자랐다. 당신의 도시락은 결식아동에게 먹이고 박봉을 털어 가난한 제자의 등록금을 대주면서도 기쁨으로 스승의 길을 가셨던 선친의 글이었다. 그때는 무슨 의미인지 몰랐으나 나이 들면서 비로소 그 의미를 깨닫게 되었다. 어른이 되면서 여러 일에 몰두하다 보니 가르치는 일을 전업(專業)으로 삼진 못했으나, 그 글귀는 늘 내 마음속에 새겨져 있었다.

그런 영향 때문이었는지 지금까지 이런저런 형태로 가르치는 일과 인연을 맺고 살아왔다. 학교에서, 사회에서 그리고 기업 경영의 임상 의사로 시간을 쪼개어 왔으니 말이다.

오래전 경영컨설팅을 한 기억이 새롭다. 정부의 요청으로 모 회사 경영을 지도한 적이 있다. 회사가 파산 위기를 겪는 중이었는데, 비바람이 세차게 몰아치던 날 그 회사를 방문한 나는 우산도 없이 몹시 초췌한 모습으로 회사 정문 앞에 서 있는 사장을 만났다. 뭔가 심상치 않아 어디 다녀오는 길이냐고 물었더니, "오늘로 세 번째 자살하려고 바닷가에 갔다가 가족과 종업원들 얼굴이 눈앞에 어른거려 차마 죽지 못하고 되돌아오는 길입니다" 하는 게 아닌가. 그런 상황에서 어떤 말로 위로를 해야 했을까. 나는 서둘러 우산을 받쳐 주며 그의 손을 덥석 잡고 "위기는 기회라 했으니 다시 희망을 갖고 해 봅시다"란 말을 되풀이할 뿐이었다.

그로부터 일 년 반 동안 나는 그 사장과 함께 기업 회생을 위해 온갖 노력을 쏟아부었고 회사는 재건되었다. 나의 작은 도움이 그렇게 큰 보람으로 돌아왔다는 사실이 나 자신의 성공처럼 기뻤다.

집안 내력일까. 지금은 두 딸도 가르치는 직업을 갖고 있으니 세 부녀가 같은 길을 걷는 셈이다. 얼마 후면 '스승의날'이니 셋이 만나 카네이션꽃이라도 주고받아야겠다.

가르치는 이 길에도 가파른 언덕과 험난한 가시밭이 나타나곤 했다. 하지만 묵묵히 잡초도 뽑고 삽질로 다듬어 왔다. IMF 때는 이 일을 그만 접을까도 했고, 때로 담 밖에서 들리는 '더 쉽고 편한 길도 있다'는 유혹에 잠시 솔깃하기도 했었다. 하지만 그런 잡념은 가르치는 보람과 기쁨으로 울타리를 삼아 외면하고 있으니 팔자소관이라 해야 할까.

아직도 이 길은 평탄치가 않다. 흠잡을 데가 많은 '미완의 길'이다. 그러나 포장도 안 된 비탈진 길일지언정 나는 이 길에 꿈을 심는다.

그래서 즐겁다. 주위로부터 답답하다는 소릴 들으면서도 20여 년간 단 하루도 쉬지 않고 배움의 등불을 밝혀 왔으니, 계속 걷다 보면 부족하나마 양영제(養英齋)로 거듭나게 되지 않을까.

오늘도 서산대사가 남긴 "눈 내린 길을 걸을 때는 발걸음을 어지러이 하지 말라. 오늘 걷는 너의 발자국은 반드시 뒷사람의 이정표가 되리니"라는 가르침을 상기하면서 '바로 걸으려' 노력하고 있다. 그리고 믿는다. '길은 결국 각자가 선택하는 것이며 계속 걷는 자의 것'이라고.

수료식의 '송별사'가 가슴에 와 닿는다. 흔히 쓰는 형식어로 막연히 '행운을 빕니다'란 말보다는 차라리 재물의 풍성함을 빌어 주는 게 더 듣기 좋고 현실적이지 않을까 싶어서다. 젊은이의 재치가 눈부시다. 웃자고 한 표현도 있겠지만, 한 가지 아쉬움은 젊은이들의 사고가 너무 재물에 치우치지 않을까 하는 점이다. 사람이 빵만으로는 살 수 없으니, "살찐 돼지가 아닌 고민하는 소크라테스가 되라"는 말도 함께 새겼으면 하는 바람이다. 나는 격려사를 이렇게 마무리했다.

"여러분! 세상은 꿈꾸는 자의 것이고 뜻하는 곳에 길이 있다고 했습니다. 부디 멋진 꿈을 설계하고 그 꿈을 향해 한발 한발 나아가기를 바랍니다. 큰 집을 짓는 일도 벽돌을 한 장씩 쌓아야만 되듯 말입니다. 그리하면 오늘의 송별사대로 모두 이루어질 줄 확신합니다."

수료식이 있던 날, 귀갓길의 밤하늘엔 별들이 유난히 밝게 빛나고 있었다.

자취방의
추억

풋풋한 꿈을 가꿔 나가는 젊은이들을 가르치면서 '자취방'을 주제로 각자 글을 써 보라고 했다. 오늘의 자취생들은 어떤 주거환경에서 무슨 생각을 하며 어떤 모습으로 자취 생활을 하고 있는지 궁금했다.

오랜 세월이 흘렀으니 내 자취 생활의 기억은 빛바랜 사진처럼 희미하다. 하지만 젊은이들과의 대화에서 오랫동안 잊고 있던 기억들이 주마등처럼 스친다.

나의 자취 생활은 고등학생 때부터 시작되었다. 서대문 근처, 장충동, 그리고 장안동, 약수동이 내 무대였다. 대학생이 되면서 입주식 가정교사가 되기 전까지 3년, 그 후 사회에 나와 직장생활을 하면서 다시 2년 동안 자취방 신세를 졌으니 꽤나 긴 세월이었다. 5년 동안 방 얻는 조건과 환경에 따라 여러 곳을 옮겨 다녀야 했지만, 이사는 아주 간단했다. 책과 옷가지 몇 점, 그리고 이불을 큰 보자기에 싸면 그걸로 준비 끝이었다. 방 옮기는 데 고작 한두 시간, 복잡한 수속이 따로 필요한 것도 아니었다. 주민등록을 옮기는 것도 아니고, 버스 타고 이사 갈 집에 찾아가서 주인아주머니에게 "저 왔어요" 하면 그걸로 '입주 완료'였다. 자취방은 대문 옆에 붙은 작은 문간방이어서 찾아오는 손님이 문을 두드리면 달려나가 문 열어 주는 당번 역할도 했다.

간편한 것은 이사 절차만이 아니었다. 식사도 아주 간편하게 해결했다. 밥은 어차피 지어야 하지만 반찬이 문제였는데, 그것도 방법이 있었다. 하루는 김밥에 김무침으로, 또 하루는 콩나물밥에 콩나물국이었다. 연탄불이 꺼진 날은 할 수 없이 밖에서 해결했지만 끼니마다 구색을 갖춰 밥상을 차린다는 건 엄두도 못 낼 일이었다. 그래서 재료를 한 가지로 통일시켰던 것이다. 어쩌다 주인아주머니가 중학생 자녀의 성적이 올라 고맙다면서 멸치볶음, 콩자반이라도 한 접시 갖다 주면 그야말로 진수성찬이었다. 이제 생각해 보니 그 시절엔 라면이나 식빵이 없었던 게 아쉽다.

그 시절, 집들은 대개 낡고 작은 한옥이었다. 내게 배정된 방은 비좁은 문간방이어서 공간 활용이 고민이었다. 윗목에 밥상 겸용 책상을 놓고 아랫목에 이불을 펴면 꽉 찼다. 겨울엔 문틈으로 파고드는 황소바람 때문에 늘 이불을 뒤집어써야 했고, 잘 때는 요란한 문풍지 소리가 자장가였다. 그러니 현대식 아파트나 원룸 시설과는 비교가 안 되었다.

그러나 그 공간은 내게 유일한 쉼터요 사색의 터전이었으며, 읽고 쓰며 고뇌할 수 있는 '전용 궁전'이었다. 시험 때 밤을 지새운 날은 새벽녘 청잣빛 여명을 바라보며 미래를 꿈꾸었고, 가을이면 사색에 잠겨 낙서에 몰두했으며, 눈 내리는 겨울밤이면 고향에 홀로 계신 어머니께 긴긴 편지를 썼다. 그때 만일 가족들과 함께 넓은 집에 살았더라면 그런 온전한 독립 공간과 자유가 있었을까.

그래도 생각해 보니 그때가 참 좋았다. 어린 나이에 의식주를 혼자 해결한다는 게 외롭고 힘들었지만, 나는 파스칼이 말한 대로 '생각하는 갈대'였던 것만은 틀림없었다. 자취방에 돌아오면 혼자 생각하고 또 생각에 잠겼다. 또래 친구들도 대부분 가난했지만 우리는 늘 이상(理想)에 불탔으며 빛나는 미래를 꿈꾸었다. 때로는 개인의 문제를 넘어 나라의 앞날을 걱정하기도 했으니, 결국 그 세대가 오늘의 국가 발전을 이룩하는 데 이바지했다고 믿는다. 만일 그때 젊은이들이 부모 슬하에서 아무 걱정 없이, 어미 뱃속의 캥거루처럼 지냈다면 그런 사색 자체를 못했을 것이다.

요즘 젊은이들의 관심은 오직 시험과 취업, 이성 문제뿐이다. 그러니까 '생각하는 갈대'가 아니다. 사회가 그렇게 만들었지도 모른다. 넘치는 풍요와 편안함과 자유가 무기력한 니트족(NEET, Not in Education, Employment or Training)을 양산해 내지는 않았을까.

나는 아무래도 호의호식하는 젊은이보다 가난한 젊은이가 좋다. 불타는 열정으로 두 주먹 불끈 쥐고 미래를 향해 도전해 나아가는 모습을 보면 내 가슴도 벅차오른다. 그렇게 하는 젊은이는 분명 자신이 꿈꾸는 삶을 위해 정진할 것이다.

　내가 걸어온 인생길에 '자취방'이란 발자국이 찍혀 있다. 내 삶의 이력서 중 소중한 대목이 아닐 수 없다. 어지러운 세상을 헤엄치다 보면 문득 그 시절로 되돌아가고 싶어진다. 푸시킨의 말대로 '추억은 언제나 아름다워서'가 아니다. 이제라도 그리 할 수만 있다면 더 많이 더 노력하며 더 열정적으로 살아갈 것만 같아서다.

주례
서기

    서른여섯에 시작된 나의 주례 경력은 다양한 역사를 지니고 있는 셈이다. 지금까지 줄잡아 100여 명은 될 듯한데, 나를 신랑으로 착각한 예식장 종업원이 꽃을 달아주며 신부맞이 예행 연습을 시키려 한 적도 있으니 말이다. 젊어선 친구, 선후배들 결혼식에 단골 사회자로 불려 다녔다. 지금은 고인이 된 유명 정치인이 주례를 서고 필자가 마이크를 잡았었다. 그 정치인의 주례사는 청산유수였다.

    "빛나는 청춘 남녀여! 순풍에 돛을 달고 저 넓고 큰 세상을 향해 함께 노 저어 나아가라. 그대들 앞에 막을 자 없으리니…."

    묵직한 음성으로 시 한 수를 곁들이며 웅지를 품고 큰 뜻을 이루어 나아가라는 거였다. 그 시절엔 하객들도 매우 진지하고 정중해 예식이 엄숙하게 진행되었다.

    지금은 예식장 풍경도 많이 달라졌다. 지난해 어느 예식에선 사회자가 신랑에게 신부를 등에 태우고 엎드려뻗쳐 다섯 번(될 때까지 계속)과 키스를 시키는 장면이 있었다. 신랑 등에서 떨어진 신부가 다시 등에 올라타기까지 민망한 장면이 계속되었으니 마치 놀이터나 다름없었다. 미리 그러기로 약속했다지만 경건하거나 엄숙한 분위기는 물건너간 지 오래고 하객들도 마치 곡마단 공연을 보는 것처럼 미간을 찌푸렸다.

그뿐만이 아니다. 양가 혼주들의 태도 역시 달라졌다. 요즘 주례에 대한 양가의 태도를 보면 서운할 때가 있다. 왜 주례를 서 달라고 간청했는지 의문이 들기 때문이다. 예전엔 결혼 전에 신랑 신부가 찾아와 정중히 인사를 올리고 결혼 당일은 양가 부모님과 별도 식사 자리를 준비함은 물론 신혼여행을 다녀와서도 깍듯이 인사를 드렸다. 아기를 낳으면 다시 찾아와 덕담을 청하기도 했다.

하지만 요즘은 푸대접이 이만저만 아니다. 물론 혼주의 수준에 따라 큰 차이가 있지만, 주례가 예식장에서 밥을 먹든 말든 예식만 끝나면 소 닭 쳐다보듯 한다. 이는 자식이 주례를 요청한 경우가 그렇다.

어제도 주례 요청을 단호히 거절했다. 이미 주례를 서지 않기로 폐업계(?)를 냈으니 다른 분을 찾아 보라고 했다. 얼마 전엔 주례를 마치고 단 아래로 내려오자 혼주 쪽에서 사례금(?)이라며 주머니에 봉투를 찔러 넣으려 하는 게 아닌가. 하객들이 보는 앞에서 마치 일당이라도 주는 것처럼.

대부분의 예식장, 특히 국실, 홍실, 청실로 나누어진 예식장에선 주례에게 아예 '간단히 하라'고 미리 주문(요구)을 해댄다. 그렇게 보면 "아들딸 많이 낳고 잘 먹고 잘 살아라"가 제일 간단하겠지만, 그렇게 가벼이 할 수는 없지 않을까. 주례사가 너무 엄숙하기만 해서도 재미가 없단다.

과거의 주례사는 8·15해방과 6·25전쟁을 거친 민족의 수난사로부터 사회문제에 이르기까지 선거 연설 같은 주례사를 하곤 했다. 요즘에 그런 주례사를 하면 아마도 정신이상자로 볼 게 틀림없다. 그렇다고 웃기려고만 해서도 좀 그렇다. 진행 도중에 실수하는 신랑을 보고 "처음 해 봐서 그렇다" 하는 주례도 있고, 성혼선언문 낭독 후 "무슨 할 말이 있으면 해 보라"고 짓궂게 하는 경우도 있다.

요즘도 주례 전문직이 있단다. 인기순위로는 왕년이나 현직의 그럴듯한 직함을 요한다는데 교수, 박사, 사장, 회장, 대사 등이란다. 아직 팔팔한 노년들이 많으니 사회봉사면에서, 또는 취업(?)의 일환이 되기도 할 터. 전에도 그럴듯한 풍채와 언변을 갖춘, 예식장마다 전문 주례가 있었지만….

주례 경험자들의 한결같은 소망은 혼주로부터 "삶의 지침이 되는 좋은 말씀에 감사드립니다"란 말을 듣는 것이다. 그 말만 들으면 식사를 챙겨 주든 오가는 걸 못 본 체하든 상관이 없단다. 이런 세상의 변화가 주례자들을 슬프게 한다.

졸업
성적표

2001년 8월 23일, 우리나라는 국제통화기금(IMF)으로부터 졸업을 했다. 그동안 숙제로 남아 있던 차입금 잔액 1억4천만 달러를 갚고, IMF 쾰러 총재로부터 '획기적인 일(milestone)' 이라는 칭찬과 함께 축하도 받았다. 함께 곤욕을 치른 다른 나라, 특히 아르헨티나는 아직도 중환자실에서 산소마스크를 낀 채 사경을 헤매고 있는데, 한국은 예정보다 3년이나 앞당겨 조기 졸업하였으니 월반까지 한 셈이다.

졸업 그 자체만을 놓고 본다면 우리는 당연히 칭찬을 받을 만하고 졸업에 대한 안도감과 기쁨도 누릴 수 있다. 그러나 3년씩이나 조기 졸업을 하게 된 우리 성적표는 과연 몇 점이나 될까. 아쉽게도 경제 현실과 부실한 징후들로 보아 평점 50점을 넘지 못한다. 이는 미완의 반쪽 졸업이며 절반의 성공일 뿐이니, 완전한 의미의 졸업을 위해서는 유급(留級)된 것으로 보아야 한다.

졸업이란 온전한 교육을 받고 다음 과정을 충분히 이수할 수 있는 능력을 갖추어야만 비로소 의미가 있다고 본다. 그러기에 우리의 IMF 졸업이 과연 온전한 토대 위에서 이루어졌느냐 하는 것이 모두의 걱정거리로 남아 있다.

돌이켜 생각하기도 끔찍한 일이지만, IMF 여파는 바로 국난이었다. 수많은 기업이 문을 닫고, 근로자들은 길거리로 내몰렸으며, 부부가 콩팥을 한 쪽씩 팔아 공장을 운영하였다는 이야기를 들은 것도 불과 얼마 전의 일이다. 직장에서 쫓겨날 때 '명퇴'라는 듣기 좋게 포장된 단어도 생겨났고, '황퇴(황당한 퇴직)'라는 신조어까지 생겨날 지경이었다.

나라 경제가 송두리째 무너져 내릴 때 나 역시 그 급류에 휩쓸렸던 일을 생각하면 지금도 모골이 송연해진다. 여기저기서 연쇄 부도 사태가 이어졌고, 거래처에서 받은 어음이 줄지어 부도 처리되면서 회사 경영은 걷잡을 수 없는 국면으로 치달았다. 할 수 없이 구조 조정을 시작하면서 함께 일하던 사원들은 회사를 떠나야 했다. 다른 회사들도 인원을 줄이는 것을 뻔히 알면서 퇴직자의 취직을 부탁하러 쫓아다닌 걸 생각하면 딱하기 그지없는 노릇이었다.

해외에 나가 있던 지사장들은 회사에서 거래 대금 지불이 늦어졌다는 이유로 현지인들에게 여권을 빼앗겨 오도 가도 못하는 곤욕을 치르기도 하였고, 내가 살고 있던 집은 당연히 압류 처분이 뒤따랐으니 언제 길거리로 나앉을지 모르는 판국이었다.

그토록 참담한 상황이 졸지에 닥치자, 나는 회사 임원과 아내에게 편지를 써서 가방 속에 넣고 다녔다. 내가 연락할 때까지 찾지 말 것, 그리고 이러이러한 상황이 벌어지면 따로 밀봉한 봉투 1을, 그다음에는 봉투 2를 열어 보라는 식으로 작전 지시(?) 같은 걸 적은 내용이었다. 물론 사태를 잘 수습하기 위한 내용이었으나 다행히 그 편지는 얼마 후(우편함 신세를 지지 않고) 찢어 버리고 말았다. 야반도주하듯 비행기를 타지도 않았고, 정면으로 대응하여 사태를 수습했으니 하늘에 감사할 따름이나, 지금 생각하면 (현실에서 멀리 도피하려고) 그 편지를 썼다는 것 자체가 부끄럽기 짝이 없다.

한편 고약한 사람에게는 IMF 사태가 좋은 핑곗거리를 제공하기도 했다. 경영의 실패를 모두 그것 때문이라고 둘러대는가 하면, 남에게 갚아야 할 빚을 떼어먹는 일도 비일비재했으니, 양심의 황폐화 또한 이루 말하기 어려웠다.

이제 IMF 졸업의 기쁨을 안고 샴페인 뚜껑을 만져 보기도 전에 졸업의 빛 저편에 드리운 어둠의 그림자를 불안한 눈빛으로 바라보아야만 하는 것은 무엇 때문일까. 그것은 남아 있는 문제들이 심각하기 때문이다. 나라 경제 상황은 답답하고 우리 삶은 고삐 풀린 망아지처럼 갈피를 못 잡고 있다. 부실기업에 대한 구조 조정은 메아리 없이 허공을 맴돈 지 오래다. 또 이민과 유학 설명회장은 연일 북새통을 이룬다 하니, 너도나도 외국으로 가면 우리 사회가 도넛처럼 동공 현상이 생길까 두려워진다.

경기가 침체되니 소비가 줄고 뒤따라 생산이 위축되어 설비 투자도 줄고 있다. 그리하여 경제구조가 하향식 나선형(螺旋形)을 이루어 장차 경제 성장을 기대하기가 어렵게 되었다. 또한 IMF 이후 지금까지 금융계 사람들이 부정하게 착복한 돈이 6천억 원이나 되고, 지자체에서는 선거를 의식해 빚을 져 가며 선심성 행정에 돈을 쏟아붓는다 하니, 땅에 떨어져 분실된 직업 윤리는 어디 가서 찾아볼 것인가.

그러고 보니 사태 이후 첫 번째 살길 찾기로 부르짖던 구조 조정은 외형상으로만 지지부진한 게 아니라 의식면에서도 아직 요원하구나 싶다. 왜 그렇게 되었는지 뼈저린 반성도 없고 개전(改悛)의 정(情)도 없다. 이래 가지고선 아무래도 '졸업'이라 할 수는 없을 것이다. 아니, 다시 입학해야 될지도 모른다. 세계 경제 사정도 불투명한데다, 우리는 세계 무대에서 혹독한 경쟁의 벽을 뚫지 못하면 살아남기 어려운 지경에 놓여 있지 않은가.

아놀드 토인비가 갈파한 대로 인류의 역사는 도전(挑戰)과 응전(應戰)의 역사다. IMF 사태라는 충격 앞에 우리가 어떻게 반응하느냐에 따라 살길이 정해질 터, '위기는 곧 기회'라는 소망을 갖고 '금 모으기' 하던 그 초심으로 돌아가야만 한다.

지금 이 시점에서 IMF를 졸업한 나라에 살고 있는 나의 졸업 점수는 과연 몇 점이나 될까. 아무리 생각해 봐도 역시 50점이다. 그때 헤어졌던 사원들과도 다시 함께 일해야 되겠고, 더욱 건강한 회사로 만들려면 갈 길이 멀고 해야 할 일이 많다.

아침 산책길에서 지난날에 대한 뼈저린 반성과 함께 초심을 되새겨본다. 그리고 어떻게 하면 100점짜리 졸업장을 받을 수 있을까 궁리하고 또 다짐해 본다. 영국의 시인이며 비평가인 토머스 엘리엇의 말처럼 오늘 주어진 시간을 잘못 쓰면 그 결과가 '미래의 시간에 그대로 나타날 것'이니 날카로운 부메랑에 되레 얻어맞지 않도록 최선을 다하리라 각오를 다지는 것이다.

IMF 때 '나는 F학점', '나는 잘렸다(fired)'라는 말이 유행했다. 하지만 이제는 나 개인도 나라 경제도 어쨌든 졸업을 하게 되었으니, 남은 숙제를 완벽하게 해결하여 자신 있게 "아이 엠 베리 화인(I am very fine)"이라고 외치는 일만 남았다. (2001년, 에세이문학)

러브 셀링(Love selling)

　　오래전 나는 어느 학교와의 인연으로 그 재단이 소유하고 있던 사료회사를 맡아 경영한 적이 있다. 경영컨설턴트인 나는 사전에 경영 요소와 관련하여 '백문백답집(百問百答集)'을 만들어 꼼꼼하게 검토한 후 확신을 가지고 뛰어들었다.

　　그런데 전혀 예상하지 못한 일들이 연달아 일어났다. 공교롭게도 구제역이 발생하여 축산물의 해외 수출길이 막혀 버리고, 멀쩡한 가축도 새끼를 낳으면 그냥 땅에 묻어 버려야 하는 상황(판매가격이 떨어져 사료값도 나오지 않았기 때문)이 벌어졌다. 더 당혹스런 일은 우리 회사 건너편에 대기업의 사료공장이 들어선 것이다. 그러니 원자재 수입에서부터 생산과 가격, 자금, 영업력까지 중소기업인 우리 회사는 경쟁 상대가 되지 않았다.

　　판매도 잘 안 되고 수금도 여의치 않자 회사 사정은 날로 어려워졌다. 월말에 수금을 하러 간 사원들은 땅이 꺼지도록 한숨 짓는 농장 주인들에게 말도 못 꺼내고, 오히려 소주와 오징어를 사들고 가서 위로를 하고 돌아오기도 했다.

그런데 나는 그때 새로운 거래처를 개척하면서 평생 잊지 못할 사람을 만났다. 그는 '나환자 재활농장' 책임자였다. 그곳을 영업 목표로 삼고 정보를 수집해 보았더니 거래 조건이 여간 까다롭지 않았다. 그래서 거래 회사도 자주 바뀐다고 들었으나 이것저것 가릴 형편이 아니었다. 나는 나환자 재활농장 책임자에게 인사차 방문하겠다는 전갈을 보냈고, 얼마 후 그를 만나게 되었다.

"처음 뵙겠습니다. 제가 ○○농산주식회사 사장입니다" 하고 정중하게 인사하자, "아, 그러세요? 제가 이 농장 책임자입니다" 하고 자리를 권했다. 그는 자신이 나환자라는 사실을 의식해서인지 손을 내밀어 악수를 청하지는 않았다. 물론 외양이 보통 사람과는 달랐지만 그의 형형한 눈빛은 사람을 꿰뚫어 보듯 예리했다.

내가 애써 제품이나 가격면에서 다른 회사보다 우수하다고 설명을 시작하자, 그는 의외로 그런 데는 흥미가 없다는 듯 이런저런 질문을 던졌다. 지금까지 무슨 일을 했으며, 거래 관계에서 가장 중요한 것이 뭐라고 생각하느냐, 인생살이에서 느낀 점을 말해 달라는 등 그야말로 사람 됨됨이를 테스트하는 것 같았다. 난생처음 그렇게 불편한 대화를 나누게 된 나는 긴장과 흥분 속에서 한 시간여에 걸쳐 '거래자

면접시험'을 치른 셈이다.

다시 일주일 후 저녁 식사 약속을 했다. 그런데 돌아오면서 나는 깊은 생각에 빠질 수밖에 없었다. 참으로 멋있고 훌륭한 사람인데 어쩌다 저리 불우하게 되었을까? 온갖 풍상을 잘 이겨 낸 듯하니 거래를 떠나서 인생 선배로 삼아도 좋겠다. 하지만 그와 식사를 하고 술잔을 나누어도 괜찮을까 하는 두려운 마음이 들었던 것이다.

저녁 식사 자리에 나가기 전 의사에게 자문을 구했다. 음성 환자인 경우는 크게 걱정하지 않아도 된다고 했지만, 딱 잘라서 '걱정 말라'는 말이 아니어서 마음이 불편했다.

하지만 나는 이미 그에게 마음이 끌린 터였다. 약속한 날 식사하면서 반주를 들게 되었는데, 그가 먼저 술잔을 비우더니 내 표정을 살피면서 술잔을 건넸다. 드디어 2차 테스트가 시작되는구나 하는 생각과 함께 주고받는 술잔에 문제가 있다면 그가 잔을 건네지도 않았을 거라는 확신이 들었다. 나는 힘차게 손을 내밀어 술잔을 받아 마셨다.

대화를 나누는 동안 그가 나보다 연장자라는 것과, 가슴에 한을 품고 있으면서도 양지(陽地)를 향해 살고 있다는 점, 그렇게 몸이 불편한데도 삶의 의미와 멋을 아는 사람이라는 것을 알게 되었다. 기분이 좋아진 그는 시를 읊기도 하고 노래를 부르기도 했는데, 가수 뺨치는 솜씨로 가요 50년사를 섭렵했다.

나는 그에게 매료되었다. 한을 삭이며 살아가는 그의 처지가 안쓰러웠다. 그리고 나환자라는 이유로 그를 이리저리 재보던 나 자신이 부끄러 웠다. 우리는 자정 무렵에 헤어지면서 포옹까지 했다. 그때 그는 나를 힘껏 껴안으면서, "아우님, 나 당신 좋아해" 하고 말했다.

이후 나는 한 인간으로서 그를 좋아했고 조건 없이 형님으로 모셨 다. 거래자로서의 신의와 성실을 지켰음은 물론이다. 오랫동안 우정을 나누고 거래도 계속되었지만 단 한 번도 얼굴을 붉히거나 언성을 높인 적이 없다. 나와 거래하기 이전의 많은 회사들이 왜 거래에 실패했는 지 짚이는 바가 있었다. 그건 바로 '나환자 농장'이라는 선입견 때문에 그런 게 아닌가 생각되었다.

현대를 감성 마케팅 시대라고 한다. 고객의 다양한 욕구는 감성에 서 비롯되기 때문에 색채 마케팅이라는 말까지 나왔다. 파는 것이나 사는 것이나 모두 사람이 하는 일이다. 파는 것이야 이성적 행위지만 사는 것은 감성에 의해 구매를 결정짓고 그 감동의 대가로 돈을 지불 하는 것이니 고객 만족과 고객 감동이 동시에 충족되어야 한다.

독일의 컨설턴트 한스 우베퀼러가 "고객을 대할 때 연인 대하듯 하 면 반드시 성공한다"고 한 말이 떠오른다. 이 말은 '고객은 왕'이라 는 말보다 훨씬 더 설득력이 있다. '왕'은 때로 공포의 대상이 되어 꺼려지기도 하지만, '연인'에게는 성심을 다해 즐거움을 주고 함께 행 복한 미래를 꿈꾸고자 하는 진실이 담겨 있다.

요즘 생일이나 결혼기념일에 뜻밖의 축하카드를 받을 때가 있다.

이것은 고객을 감동시켜 기업 이미지를 높이고 결국 제품 구매로 이어질 것을 기대하는 기업들의 전략이지만, 기분은 괜찮다. 하지만 그런 정도의 관심만으로는 부족하다. 제품도 좋아야 하고 고객이 원하는 것을 만족시켜야 한다. 그러려면 제품을 만들고 판매하는 데 연인 대하듯 정성을 다해야 하는 것이다.

"고객에게 사랑을 팔아라(Love selling)!"

누가 연인에게 나쁜 제품을 속여서 팔 수 있는가. 누가 연인에게 바가지를 씌울 수 있단 말인가. 사랑이란 묘약은 어느 분야에서든 으뜸가는 비책(秘策)임에 틀림없는 것 같다.

천사의 꿈

철호 이야기

강의가 시작되기 직전 '철호' 군이 도착했다. 이마엔 구슬땀이 맺혀 있다. 오늘도 먼 길을 혼자 힘겹게 왔을 것이다. 같은 학과 친구들이 묻는다.

"오늘은 교통 위반 안했어?"

휠체어를 타고 다니는 그가 긍정도 부정도 아닌, 씩 웃는 얼굴로 답을 대신한다.

철호 군은 6개월 전, 그날도 불편한 몸을 이끌고 천사의 모습으로 광고연구원에 왔다. KBS 방송국과 연구원이 준비한 '사랑의 리퀘스트 장학생 선발' 프로그램에서 인연이 닿아 이곳에 오게 된 것이다.

건물 입구가 계단으로 되어 있어 휠체어가 다닐 수 있도록 보수공사를 서둘렀다. 처음엔 과연 그가 잘 해낼 수 있을까 걱정을 많이 했다. 하지만 그것은 기우였다.

그가 강의실까지 오가는 길은 멀고도 험난하다. 광진구 끝자락, 아차산이 있는 동네에서 서초동까지 오려면 지하철을 바꿔 타야 하고 장애인용 엘리베이터를 이용해야 한다. 그리고 이리저리 먼 길을 돌아 횡단보도를 건너야만 한다. 아직 장애인 시설이 열악한 현실에서 먼 길을 혼자 무사히 오고간다는 건 실로 기적에 가까운 일이었다. 그런데 결석은 물론 지각 한 번 한 일이 없으니 그의 향학열과 반듯한 자세에 숙연할 따름이다.

그는 울산에서 홀로 제주도로 건너가 학부를 졸업한 후 부산대서 일년간 교환학생으로 학업을 계속하였다. 그리고 서울까지 와서 또 공부하고 있으니 지난 과정을 보면 불가사의한 일로 여겨지기도 한다. 온몸이 불편하지만 신체가 멀쩡한 학생들보다 더 열심히 배우고 성적도 훌륭했다. 비록 행동과 의사 표현이 자유롭지 못하고 글씨도 쓸 수 없지만, 공부하는 데는 아무런 장애가 없다고 자신을 채근하면서 묵묵히 정진하고 있다.

볼펜을 입에 물고 독수리 타법으로 한 글자씩 워드를 치지만 그가 작성해 내는 문장은 손색이 없다. 그뿐만 아니다. 매사에 철저하고 최선을 다하는 내면의 자세가 마치 '미켈란젤로의 동기(외적인 보상이 아닌 성취감 같은 순수한 내면적 동기)'와도 같다. 겉모습만 보면 십중팔구 좌절과 슬픔에 젖어 삶을 비관할 처지가 아닌가. 열악한 신체적 조건과 결손 가정에서 겪는 외로운 처지를 거둬 내느라 그동안 얼마나 울었을까. 아니 지금도 남몰래 울고 있지 않을까.

그런데 그는 언제나 웃는다. 누구도 원망하거나 비난하지 않는다. 얼굴은 티 없이 맑고 밝다. 젖먹이 때 부모와 생이별을 하고 할아버지 손에서 자란 불우한 흔적이 전혀 보이지 않는다. 어린 나이지만 이미 해탈의 경지에 이른 듯 보인다. 아니면 타고난 성품일까?

철호의 모습을 보면 푸른 꿈을 향한 의지와 노력이 얼마나 굳세고 대견한지 눈이 부실 정도다. 그의 노력대로라면 신체적 장애를 극복하고 인간 승리를 이뤄 낸 천체물리학자 스티븐 호킹 박사, 헬렌 켈러 여사, 악성(樂聖) 베토벤, 팔다리가 없으면서도 수영선수로 이름을 날린 여성 장애인 못지않은 훌륭한 인물이 될 것으로 믿게 된다.

철호 군을 곁에서 도와주는 동급생들 또한 아름답다. 건물 엘리베이터를 타고 내릴 때는 양쪽에서 붙들어 주고, 식사하러 가면 수저로 떠먹여 준다. 화장실에 갈 때는 업어서 데려다 준다. 그 정경을 보면 가슴이 뭉클하다. 자기만 챙기는 젊은이들이라고 생각해 오던 내 시각을 대폭 교정해야겠다.

"공부하느라 모두 애썼다. 더욱 열심히 해서 뜻을 이룰 것과 철호의 건강을 기원하면서 건배!"

철호 군과 함께한 회식 자리였다. 옆자리 친구가 건배 잔을 양손에 들었다. 하나는 자신의 것이고 또 하나는 철호 군의 것이다. 그리고 잔을 기울여 먹게 하고 안주를 상추에 싸서 입에 넣어 준다. 자신이 먹는 것 이상으로 정성껏 한다. 나도 모르게 눈물이 핑 돈다.

"철호야, 오늘 술 먹어서 음주 운전 단속에 안 걸릴까?"

친구가 익살을 떤다. 하지만 철호는 그의 말을 잘 알아듣는 친구의 통역을 빌려서 '절대 무사고 운전자'임을 자랑한다. 휠체어를 타는 것도 따지고 보면 '운전'임에 틀림없다. 설령 잘못이 있다 할지라도 단속할 게 아니라 안전한 길로 인도해 주어야 하건만, 지금까지 그런 예는 들어본 적이 없다니 가슴 아픈 일이다.

그들의 우정을 보면서 더불어 사는 아름다움을 생각해 본다. 장애자 올림픽에서 앞서 달리던 선수가 넘어지자 모두 달려가 그를 일으켜 세우고 어깨동무를 한 채 함께 골인하던 모습은 얼마나 감동적이던가.

철호 군을 보면서 천사의 모습을 떠올린다. 그의 마음은 이 세상의 헤아릴 수 없이 많은 죄악과는 아무런 상관도 없다. 남보다 불편한 신체 조건을 갖고 태어난 것을 원망하거나 불평하는 일이 전혀 없다. 늘 긍정적이며 소망에 부풀어 있는데다 순수함은 태초의 '에덴동산의 아담과 이브'처럼 티 하나 찾아보기 어려우니 바로 천사가 아닌가.

그는 지금 하얀 백지 위에 푸른 꿈나무를 그리고 있다. 열심히 그리며 다듬는 동안 그의 꿈은 여물어 가고 언젠가는 울창한 거목으로 자랄 것이다. 그가 지금은 비록 어두운 터널 속에서 어려움을 겪는 중이라 할지라도 이 길이 소망을 이루는 지름길이 되기를 간절히 기원하며 두 손을 모아 본다.

파우스트의
독백

이른 새벽 전화벨이 울린다. 눈을 떴으나 어이없는 친구의 부음을 듣고 다시 눈을 감는다. 엊그제 통화할 때도 아무 일이 없었는데 도대체 어떻게 된 걸까. 그냥 자다가 가족들에게 말 한마디 남기지 못한 채 떠났다니, 이렇게 허망한 일이 또 있을까.

머릿속이 뒤숭숭하다. 마음도 진정되지 않는다. 식탁 위에 놓인 조간신문 위로 눈길이 가 머문다. 각종 비리에 연루된 인물들의 사진과 관련 기사가 어지럽게 널려 있다. 그런데 그들의 얼굴은 당당하기만 하다. 또 서슴없이 '진실'이니 '사필귀정'이니 하며 고상한 단어를 내뱉는다. 단어의 뜻과 품위가 여지없이 손상되는 순간이다.

비리가 터질 때마다 정부에서는 높은 사람의 허물은 덮어 둔 채 아랫사람만 '엄중 문책한다'고 떠든다. 그뿐인가. 고위직 자손들이 국적을 포기하겠다고 출입국관리사무소에 장사진을 쳤다는 기사도 있다.

뭐가 뭔지 참으로 혼란스럽다. 짜증이 난다. 옛날 신문은 만화 보는 재미라도 있었는데 요즘엔 그나마도 없다. 제목만 훑어보고 죄 없는 신문을 구겨 접으며 집을 나선다.

문 앞 우편물통엔 우편물이 수북하다. 각종 후원회 초청장, 모임 안내장, 세금고지서, 광고전단지 등이다. 어떻게 내 주소를 알아냈을까? 대부분 모르는 사람이 보낸 것이다. 세금독촉장은 벌써 세 번째다. 이미 납부한 지 일 년이 넘었고 진즉 영수증도 보여 주었건만, 담당 공무원은 정말 모르고 또 보낸 걸까. 이럴 때 영수증이 없으면 꼼짝없이 또 내야 하는 것 아닌가.

사무실에 들어서자마자 선배의 전화를 받았다.

"제도가 잘못되어 피해 보는 단체가 있는데 해결해 줄 수 있겠는가? 보수는 충분히 낼게."

나도 모르게 퉁명스럽게 대답했다.

"아직도 세상 돌아가는 걸 잘 모르시는군요. 그런 문제라면 잘나가는 정치인이나 고위층에 로비를 해야지요. 힘없는 제가 어떻게 그런 일을 한단 말입니까?"

또 전화가 걸려왔다. 수화기에서 같은 성(姓)씨끼리 알게 되어 반갑다면서 평생 얻기 어려운 부동산 정보를 내게만 알려 준다. 눈물 나도록 고마운 일이지만, 도대체 어떻게 내 이름과 전화번호를 알아냈을까? 이어서 카드 연체 대금 빌려 준다는 광고, 결코 여동생을 둔 적이 없는 내게 오빠 찾는 전화까지…. 무서운 세상이다.

오늘은 정말 이상한 날이다. 하는 일마다 꼬인다. 여느 때 같으면 쉽게 풀릴 일인데도 하나같이 수월치가 않다. 세상이 어렵고 어수선한 탓일까. 계약을 이행하지 않는 당사자에게 내용증명 우편물을 여러 번 보냈었다. 그런데 방금 도착한 답신에는 '능력이 없어 계약 이행을 못 하겠으니 마음대로 하라'고 적혀 있다. 막가자는 식이다.

점심 때 동창 모임에 갔다. 오랜만에 보는 친구가 의기양양한 표정으로 외국에서 사는 재미를 늘어놓았다. 보기 싫고 듣기 싫은 게 많아 다 정리하고 외국에 나갔더니 그렇게 마음 편할 수가 없다는 것이다. 원칙도 희망도 없는 이 땅에서 왜 골치 썩이며 사느냐고 친구들에게 핀잔까지 준다. 그의 열변이 계속되는 동안 나는 소태같이 쓴 입맛을 다시며 먼저 자리를 떴다.

저녁 강의를 하면서 젊은이들에게 미안한 마음이 앞섰다. 취업난이 극심한 요즘, 내가 전달하는 지식이 그들에게 과연 무슨 도움이 될까? 초롱초롱한 눈망울로 장래를 꿈꾸는 저들에게 무슨 죄가 있단 말인가. 하루를 접고 막 귀가하려다 팀장으로부터 또 슬픈 소식을 들었다. 학생 한 명이 아침에 스스로 목숨을 끊었단다. 피어 보지도 못한 그의 가슴에 무슨 한이 맺혔기에 세상을 하직했단 말인가. 하루에도 여러 명이 한강에 투신한다더니 이 사회에도 '베르테르의 효과'가 번지는 걸까?

낮에 친구가 한 말들이 자꾸 떠오른다. 파우스트의 독백처럼 '곰팡이 가득한 곳에서 무기력하게 살아가는 나 자신'도 슬프고 부끄럽기만 하다.

오늘은 '머피의 법칙'이 철저하게 적용되는 날인가 보다. 안 되는 일의 연속이다. 내가 아직도 삶을 달관하지 못한 탓일까. 종일 매사가 침울하다. 잠자리에 들면서 생각에 잠긴다. 어떻게 사는 것이 올바르게 사는 걸까. 선현의 죽비 소리를 떠올려 보지만 마음은 여전히 산란하다.

다음 날 저세상으로 먼저 간 친구 빈소를 찾았다. 친구의 분골을 감귤과 섞어서 나무 밑에 묻는단다. 수목에 자양분이 되기 위해서….

아, 그렇구나. 친구는 죽어서도 훗날을 기약하거늘 산 자야 말해 뭣하랴. '내일은 내일의 태양이 뜬다'고 했으니 그래도 내일을 기대해 봐야겠지.

슬로 라이프(Slow Life)

    나이 들수록 세월의 속도가 빨라진다더니 어느새 또 해가 바뀌었다. 이웃나라 친구가 보내 준 연하장에는 '새해에는 더 많이 쉬고, 더 느리게, 행복하게 사세요'라고 쓰여 있다. 그리고 쓰지 신이치 교수가 쓴 《슬로 라이프》란 책을 읽어 보라고 추천했다. 그도 내 속마음을 들여다보고 있었을까? 아마도 그렇게 사는 게 행복의 지름길임을 일러주는 것이겠지. 안 그래도 새해부터는 일에서 해방되어 쉬며 느리게 살려고 준비와 연습을 하려던 참이었다.

    첫 준비 단계로 회사 대표 자리를 후배에게 넘겼다. 이제는 국내외 연구단체를 이끌어 갈 후임자만 찾으면 대충 큰 짐은 벗게 된다. 그렇게 하는 이유는 간단하다. 남은 일은 새로운 시대를 살아갈 젊은이들이 더 잘할 수 있다고 믿어서다.

    며칠 전부터는 여러 개 파일과 메모 수첩을 꺼내어 선별하고 버리기 시작했다. 깨알같이 기록해 둔 메모들을 보면서 그동안 내가 지독한 일중독 환자였음을 새삼 깨달았다. 지금까지 일에만 파묻혀 소중한 삶의 의미를 잊고 허둥대며 살아온 게 몹시 후회스럽다. 지금까지 오로지 일을 만들고 성취해 내는 것만이 인생의 멋이요 자아 실현이라고 믿었다. 그러다 보니 일에 얽매일 수밖에 없었다. 심지어 이발소와 목욕탕 가는 것까지도 메모를 했고, 해외 출장으로 지구를 여러 바퀴 돌았지만 관광 한 번 제대로 못했으니 얼마나 치열한 삶이었던가.

이제 삶의 방식을 바꾸려 한다. 살아온 날보다 살아갈 날이 더 짧다는 사실이 나를 재촉한다. 일을 놓는다는 대목에서 두려움이 전혀 없는 것은 아니다. 하지만 스스로 '쉴 권리와 자격이 있다'고 후한 점수를 매기면서 나머지 일은 맡은 이들에게 기대할 뿐이다.

일손을 놓는다고 해서 살아온 무대와의 결별을 하려는 건 아니다. 무섭게 발달하는 디지털 시대가 겁나서도 아니고, 어제가 까마득한 옛날처럼 여겨지는 변화의 광(光)속도가 버거워서도 아니다. 다만 시대와 나이에 걸맞는 '역할 매김'을 하려는 것뿐이다.

이달 중에 준비가 끝나면 연습에 들어갈 참이다. 달리던 차가 급정거하면 사고가 나듯, 일중독 환자도 갑자기 일을 놓으면 병이 난다니 연착륙으로 속도 조절이 필요할 것이다.

쉬며 느리게 산다고 해서 하루 놀고 하루 쉴 수는 없어 적절한 감속 방안도 마련했다. 지금까지 해 오던 일은 한 달에 두어 번 정도 상황파악만 할 작정이다. 그리고 가르치는 일도 횟수를 줄이고 내용도 첨단이론보다는 옛것의 진리와 경험법칙에 무게를 둘 셈이다. 선현의 가르침도 온고이지신(溫故而知新)이라 하지 않았던가.

뜻대로만 되면 전보다 훨씬 자유로워질 것이다. 제2의 사춘기를 맞은 내게는 소박한 꿈이 많다. 아지랑이 피어오르는 봄날도 좋고 녹음이 한창인 여름날 오후면 어떠랴. 내게는 어디론가 정처 없이 떠날 자유가 있다. 가다가 때가 되면 시골 밥집에 들러 된장찌개에 꽁보리밥 한 그릇 사 먹고, 졸리면 시골 이발소에 들러 머리를 맡긴 채 한숨 자고도 싶다. 연탄불 위에는 머리 감을 물이 끓고, 벽에 걸린 때 묻은 액자 속의 호랑이가 대나무 숲을 배경으로 나를 내려다보겠지.

더 내키면 은하수 빛나는 저녁, 하얀 박이 주렁주렁 매달린 시골집 마당 평상에 앉아 옥수수와 감자도 먹고, 낮이면 뙤약볕 아래 매미 소리 요란한 원두막에 들러 농익은 개구리참외도 먹고 싶다. 돌아오는 길에는 월급을 고스란히 내 등록금으로 내주셨던 스승님도 찾아뵙고, 바쁘다는 핑계로 오래 보지 못한 고향 친구들도 만나 쏘가리매운탕에 소주 한 잔 대접해야겠다.

가볼 곳이 또 있다. 부모님 산소 가는 길목에 있는 겨자씨교회에 가서 거북이등처럼 갈라진 노인들의 손을 맞잡고 위로도 해야지. 또 금년엔 악기도 하나 배워야겠다. 운동도 더 많이 하고, 늦었지만 바둑도 배워 볼까 생각 중이다.

급히 달려갈 곳이 없으니 앞으로는 지하철을 많이 이용하려 한다. 그런데 한 가지 망설여지는 것이 있다. '무임승차' 공짜로 타자니 내키지 않는다. '돈을 내고 타기로' 했다. 솔직히 내가 무슨 애국자라고 부채에 허덕인다는 지하철공사의 재정을 걱정해서가 아니다. 일종의 오기랄까. 매표구에 앉은 역무원이 힐끗 쳐다보며 홱 던져 주는 백표를 받기도 싫고, 또 하나는 무임승차권을 받을 나이가 되었다는 허망감도 피하고 싶기 때문이다.

이런 생활에 접어들면 나도 은퇴자의 반열에 올라 그에 걸맞는 생활에 익숙해질 것이다. 그리되면 '애너 퀸들러'의 말대로 "삶의 여백을 만들고 그것을 사랑하며 진짜로 사는 법을 배우게" 될 것이다. 그리고 누가 말했듯이 "나이를 먹는 게 아니라 좋은 포도주처럼 잘 익게" 되겠지.

뿐인가. 일에 쫓기지 않고 느리게 살다 보면 눈과 귀도 밝아져 공자가 이른 대로 시사명(視思明), 청사총(聽思聰) 하며 뒤늦게 철도 들지 않을까.

노블리스
오블리주

"주님! 이 나라 지도자들을 뉘우치게 하시고, 수해로 갈 곳을 잃고 방황하는 백성들 앞에 무릎 꿇게 하옵소서."

이것은 주일 예배 시간에 대표 기도를 맡은 이의 기도 내용이다. '백성들 앞에 무릎 꿇게 하옵소서'라는 대목에선 울먹이는 사람도 여럿 있었다. 사상 최대 수해로 여기저기서 들려오는 한숨소리가 드높았다. 연례행사로 치르는 물난리는 지금까지 한 번도 거른 적이 없다. 그토록 중요한 일이건만 치산치수(治山治水)에 대한 근본 대책도 없고 의지도 보이지 않는다.

그뿐인가. 수재민이 발생하면 공식처럼 의연금을 거둬들이고, 지도층은 돈 몇 푼 내면서 매스컴에 이름이나 사진이 나오면 할 일 다한 듯한다. 수해 현장에 흙먼지 날리며 헬리콥터를 타고 온 높은 분이 얼굴만 내밀고 돌아가자 "왜 왔지? 사진 찍히러 왔나?" 하고 빈축을 사는 경우도 많다.

사회 지도층에 대한 비판의 소리가 높다. IMF가 닥쳤을 때 그 책임이 누구에게 있는지 여론조사를 한 적이 있다. 대통령 36%, 공무원 29%, 정치인 22%, 기업인 2.7% 그리고 금융인 0.2% 순이었다.

경제가 휘청거리면서 나라가 어려워지자 그 원인은 '한국병'이라는 중병에 걸렸기 때문이라고 입을 모았다. 앓고 있는 병은 여러 가지인데 나태병, 책임전가병, 거짓말병, 과소비병, 정경유착병, 그리고 가장 심한 것은 '위기불감증병'이라는 진단이 나와 있다. 주로 지도층의 잘못으로 엄청난 사태를 맞이한 것이다.

몇 년 전에는 국방 책임을 맡은 주요 인사가 비상사태인데도 자리를 지키지 않고 골프를 쳐서 물의를 일으킨 적이 있다. 본분을 망각해도 이만저만이 아니다.

남의 돈 떼어먹고 국민 혈세로 메우게 한 후 도망가는 기업가, 공금 횡령하고 오리발 내미는 공직자, 특정인에게 부당한 이익을 주도록 압력을 넣고 발뺌하는 정치인, 부실 대출해 주고 커미션 챙긴 후 시치미 떼는 금융인, 바른 행동은 하지 않으면서 교묘한 말재주나 글재주만으로 사회적 대우를 바라는 지식인, 자기 자식 군대 안 보내려고 돈으로 매수하는 가진 자들, 자기 보신(保身)에 관한 한 천재적 소질을 타고난 이런 사람들이 지도층으로 분류되는 세상에 우리가 살고 있는 것이다.

한때 잘나가던 사람들 사이에 이혼이 유행이라는 말을 들었다. 남보다 출세해서 잘 살아온 사람들이 황혼길에 접어들어 웬 이혼인가. 새로 배우자를 찾자는 것도 아니요, 고독을 즐기면서 조용히 살자는 것도 아니다. 윗사람이 시켜서 한 일인데 이제 와서 몽땅 뒤집어씌워 책임을 지라며 민형사상 책임을 묻겠다고 하니, 서류상 이혼을 해서라도(재산을 부인에게 넘겨주고) 재산을 지켜보겠다는 것이다. 그래서 요즘은 윗사람이 무리한 지시를 내리면 문서로 받거나 전화 내용을 녹음해 둔다고 한다. 나중에 오리발 내미는 윗사람이 많기 때문에. 이래저래 웃기는 세상 아닌가.

지식인에 대한 비판의 목소리도 높다. 곡학아세(曲學阿世) 하는 자들이야 어제 오늘의 얘기가 아니지만, 사회로부터 대우를 받아야 한다고 생각하면서 권리만 찾고 해야 할 일은 못 본 체하면서 뒷짐지고 있다. 아는 것은 많으나 바른 행동은 하지 않으니 오히려 사회에 짐만 되고 있는 셈이다.

하긴 이런 현상이 어디 우리나라뿐이랴. 지도층의 도덕성과 투명성을 매우 중시하는 미국에서도 비리와 부정이 발각되자 연방준비제도 이사회 의장이 '전염성 탐욕'을 질타한 바 있지만, 문제는 우리 사회가 너무 심각하기 때문에 우려의 목소리가 높은 것이다. (세계 각국의 청렴도 조사에서 우리나라는 하위권을 맴돌고 있다.)

옛날에도 지도층의 비리와 부정이 꽤 많았던 것 같다. 오죽하면 다산 정약용 선생이 《목민심서》에서 청심(淸心)을 강조하여 "청렴은 지도자의 기본 의무이며 만 가지 선의 근원이며 모든 덕의 뿌리(廉者 牧之本務 萬善之源 諸德之根)"라고 했을까. 높은 자리에 있는 사람, 가진 자, 지식인은 이 사회의 지도층을 형성하고 있는 축복받은 사람들이다. 비록 소수이긴 하나 우리 사회를 이끌어 나가는 의무와 책임을 진 오피니언 리더들임에 틀림없다.

저명한 인류학자 아놀드 토인비는 "역사는 소수가 만드는 것이다. 그러나 그 소수는 창조적 소수"라고 하였다. 어느 사회를 막론하고 소수가 조직과 여론을 리드하고 사회를 이끌어 나가기 때문에 힘을 갖게 되고 높은 자리에 앉게 되며 또 재물도 따르게 된다. 따라서 이들에게는 사회에 대하여 무한 책임을 져야 할 의무가 강조되고 있는 것이다.

어둡고 고통스러운 오늘, 우리 사회 지도층은 무슨 생각을 하고 있을까. 그들은 과연 토인비가 말한 창조적 소수일까? 혹시 힘과 지위와 돈만 밝히는 탐욕스러운 소수는 아닐까?

오로지 이 땅에 태어난 죄로 가난과 슬픔과 울분에 짓눌려 살아가는 민초들에게 희망의 싹은 언제 돋아나려나.

12월,
다시 옷깃을 여미며

양재천 산책길로 들어서니 멀리 육교 너머로 저녁노을이 붉게 번지고 있다. 그러나 이내 땅거미가 지고 스산한 바람이 메마른 갈대를 흔들고 지나간다. 그토록 무성했던 갈대도 맥없이 쓰러지고, 산책로에서 늘 나를 반겨 주던 원추리꽃도 이제 흔적조차 찾아볼 수가 없다.

12월, 왜 이렇게 세월이 빠른가.

새해를 맞으며 잘해 보자고 포부를 밝히던 때가 엊그제 같은데, 벌써 한 해가 저물다니…. 두꺼운 점퍼를 입었는데도 한기가 느껴진다. 머지않아 대지는 동토로 변하고 땅 속에서 새봄을 준비하는 생물들은 동면에 들 것이다. 동토는 차디차지만 그 속은 어머니 품처럼 모든 것을 덮어 주고 침묵하며, 보호하고 치유하여 재생시키지 않던가.

그러고 보니 겨울은 허허롭지만 한편 고마운 계절이 아닐 수 없다.

동토의 고마움에다 한 가지 더 욕심을 내본다. 갈등과 반목으로 얼룩진 이 세상을 다 파묻어 몹쓸 것은 삭혀 버리고 쓸 만한 것만 골라 숙성시켰다가 새봄에 거듭나게 했으면 좋겠다는 소망이다. 어디 그뿐이랴. 할 수만 있다면 인간의 일곱 가지 감정 가운데 노(怒), 애(哀), 욕(辱), 오(惡)는 묻어 버리고 희(喜), 낙(樂), 애(愛)만 이 땅 위에 남겨두었으면 좋겠다.

양재천을 따라 양쪽에 초고층 아파트가 치솟아 있다. 고급 주택가를 보니 불현듯 어렸을 적 생각이 난다. 중학교 3학년, 그때도 12월이었다. 수십 년 만의 기록적인 추위가 맹위를 떨칠 즈음, 새벽 4시 통금 해제 사이렌이 울리면 나는 약수동에서 서울시청 옆 소공동까지 뛰어가 회현동 일대 고급 주택가에 신문을 돌렸다. 인기가 별로 없던 신문이어서 넓은 구역을 헐떡이며 뛰어만 다녔지 유료(有料) 부수는 얼마 안 되었다. 그나마 수금을 하러 가면 대저택 철대문으로 우선 송아지만 한 개가 달려들고, 이어서 잘 차려입은 마나님이 모아 두었던 신문 뭉치를 들고 나와 내던지며 큰 소리로 일갈을 했다.

"안 본다는데 왜 자꾸 넣고 그래?"

내가 머리를 숙이고 있다가 기어들어가는 목소리로 "그런 말씀은 못 들었는데요" 했지만, 마나님은 이미 사라진 후였다.

그때는 몹시 슬프고 화가 났다. 잘 차려입은 저택의 마나님이 원망스럽고, 눈비에 젖지 않게 신문을 품에 안고 배달해야 하는 내 처지가 서럽고, 한 달 내내 신문을 배달하고도 돈 한푼 못 받는 게 화가 났다. 몇 달 후 그 집이 경매되어 집주인이 바뀌었다는 소리를 들었을 때, 나는 몇 푼 안 되는 신문구독료를 못 주겠다며 고학생의 간청을 매몰차게 뿌리치던 그 마나님을 떠올렸고, 어린 마음에 얼마나 고소했는지 모른다. 그러나 세월이 흐르고 세상 물정을 이해하는 나이가 되면서 그 마나님에게도 무슨 사정이 있었겠지 하고 이해하기로 마음을 고쳐 먹었다.

"행복하려면 행복 케이크를 만들어 나누라. 한 컵의 이해(理解)에 열 컵의 용서를 더하고 한 컵의 눈물을 섞어 사랑이란 그릇에 담아 구워라"는 말이 가슴에 와 닿을 즈음이었던 것 같다.

용서하지 못하면 자신이 불행해진다고 하지 않던가. 12월은 '용서의 달'이었으면 좋겠다. 용서는 시간을 따로 정해 놓고 할 일은 아니나, 미처 못다 한 용서가 남아 있다면 해를 넘기지 말고 일괄 처리하듯 다 털어 버리고 새해를 맞았으면 좋겠다.

마침 14일이 '허그 데이(Hug-Day)'라고 한다. 12월에 그런 날을 정해 놓은 이유에 큰 의미가 있는 듯하다. 서로 편가르기에 바쁜 세상, 우리 모두 질시와 적대감에서 해방되어 서로 껴안고 살 수만 있다면 얼마나 살맛나는 세상이 될까. 12월이니 내 삶의 결산과 회개(悔改)도 해야겠다.

지난 한 해를 돌아보며 지금까지 살아온 세월을 거슬러 올라가 본다. 도대체 지금까지 뭘 했나 싶다. 인생의 길이를 달력으로 따져 본다면 나도 이미 가을을 맞이한 게 아닐까 싶다. 장래에 대한 계획은 많았으나 제대로 이루어 낸 일이 없고, 바쁜 일상에 쫓겨 허둥대면서 삶과 일을 구분하지 못한 채 혼동 속에 살았다. 미지에 대한 근심 걱정의 겹옷을 첩첩이 껴입고 때로는 절망하고 적당히 포기하면서 일이 잘 안 되면 주변 여건을 탓하기만 했다.

거듭남을 향한 목표와 의지도 빈약했다. 연말이면 망년회(忘年會)엔 몰두하면서도 정결한 자세로 새로운 의지를 담는 망년(望年)은 제대로 한 적이 없다. 내가 아는 어느 작가분은 오랜 세월을 두고 밤을 지새워 일하다가 동틀 무렵의 '청잣빛 여명'을 바라보며 오늘을 다지고 내일을 기약했다는 이야기를 들었다. 그때 얼마나 가슴이 뭉클하던지….

나 자신 부끄럽기 짝이 없다. 인생의 늦가을을 맞은 스스로에게 갈 길을 묻는다. 그리고 옷깃을 여미며 다짐해 본다.

"지금은 썰물의 계절이니 내일을 준비하며 때를 기다리리라. 머지 않아 새해와 함께 밀물이 되면 비록 작은 쪽배라 할지라도 다시 바다로 힘차게 노 저어 나아가리라. 꿈과 비전을 가득 싣고서."

제4부
그리스도에게 길을 묻다

그리스도에게
길을 묻다

자주 다니는 길목에 웅장한 교회가 하늘 높이 솟아 있다. 근대식 건물로 새로 지은 매머드급 성전이다. 주일날이면 교회 앞 네거리에는 성경책을 들고 교회로 향하는 인파로 늘 북적인다. 그런데 교회 정문 맞은편에는 다른 인파(같은 교회 성도들이었던)가 현수막과 피켓을 들고 시위를 한다. 눈이 오나 비가 오나 몇 년째 계속되는 현상이다. 차가 신호등 앞에 정차하는 동안 잠시 현수막과 피켓에 적힌 내용을 보면 민망하기 짝이 없는 문구들이 보인다.

'○○ 목사는 회개하라.'

'목사 자격이 없다.'

'○○재판 결과에 승복하라.'

최근엔 언론에서도 그 교회의 복잡한 사연과 목회자에 대한 비리가 회자되었고, SNS에는 목회자 개인에 대한 부끄러운 의구심들이 오르

내리고 있는 중이다.

그 교회 앞을 오갈 때는 늘 마음이 편치 않다. 성스러운 교회, 은혜로워야 할 교회 앞에서 왜 그런 현상이 벌어지고 있는 것일까. 시위가 그칠 날이 없는 시청 앞이나 광화문 광장도 아닌데. 같은 교회 성도들이 왜 갈라져서 시위를 하며, 그 교회 목회자는 왜 그런 사태를 수년간 방치(?)하고 수습하지 않는 것일까? 서로 상대방을 '사탄의 짓'이라고 매도만 하고 있겠지…. 일반인들은 이 사태를 어떻게 바라볼까? 안타깝기 그지없다.

요즘 또 다른 교회의 부끄러운 이야기가 빈축의 대상이 되고 있다. 목회자 세습과 비자금 얘기가 입방아에 오르내린다. 방송에서도 널리 퍼져 해외 동포들 사이에도 걱정거리가 되고 있다. 문제된 교회의 목회자와 신학교 동기라는 한 목회자가 안타까운 마음을 이렇게 표현했다.

"교회의 성장이 교회의 타락과 부패의 온상이 되고 말았다. 교회는 더 이상 세상의 빛이 아니다. 한국 목회자들이 신학교에 쉽게 입학하고, 교회의 부흥과 성장 과정에서 큰 수혜자들이었던 중세 신부들을 닮아가고 있다. 이런 현상은 어느 한 교회만의 문제가 아니다. 슬픈 일이지만 한국 교회의 전성기는 끝났고, 이제는 끝없는 추락의 길을 걸을 것이다. 역설적인 이야기일 수 있지만 교회는 추락해야만 다시 살아날 수 있다. 추락을 통해 다시 교회다워지고, 목회자는 목회자다워지며,

교인들은 교인다워질 것이다."

또 어떤 교회는 담임 목회자 지지파와 반대파가 서로 대립되어 폭력사태로 얼룩지고 있다. 예배당 강단을 어느 쪽이 점거하느냐를 놓고 폭력배까지 동원하여 난동을 피우는 막장드라마가 펼쳐지고 있다. 주일이면 교회 앞에는 교인과 용역회사에서 동원된 사람들이 서로 얽혀서 난장판을 연출한다는 얘기다. 평소에는 그렇게도 무시(사리에 맞지 않는 일을 저지를 때 목회자들은 '하나님법'이란 것을 들먹인다)해 오던 국가현행법으로 해결하기 위해 각종 소송과 고소고발이 난무한단다. 듣기 거북한 교계 소식은 일일이 거론하기조차 부끄럽고 민망하다.

역사하시는 주님!
침통한 심정으로 이 나라 교계가 나아갈 길을 여쭈어 봅니다. 오늘의 현실이 참으로 부끄럽고 난감하기 그지없습니다. 목회자가 된 것을 특권을 가진 것으로 착각하고 교회에 군림하며 비리와 부정을 서슴지 않는 목회자는 언제 주님의 진정한 제자 모습을 갖추게 될까요?
주님께서는 제자들에게 "나를 따르기 전, 먼저 네 형제와 화목하고 오라" 하셨습니다. 그런데 교회 앞에서 시위하는 성도들과 교회 목회자는 왜 수년간이나 대립하며 화목한 모습을 실천하지 않을까요?
교회 세습과 거액의 비자금 문제로 사회적 비난을 받고 있는 목회자는 그 허물을 어떻게 청산하고 새롭게 주님과 성도들 앞에 바로 설 수 있을까요?

교회 주도권을 차지하기 위해 서로 폭력까지 휘두르는 목회자와 성도들은 주님이 가장 강조하시는 사랑과 주 안에서 하나가 되라는 가르침을 왜 실천하지 않는 걸까요?

타락과 부패의 온상이 되어 버린 교회는 어떻게 하면 세상의 빛과 소금의 역할을 감당할 수 있을까요?

오늘의 목회자들은 대부분 우대와 섬김을 받으려 하고 있습니다. 그리고 그런 자세에 매우 익숙해져 있습니다. 교회 내에서 군림하고 매사를 장악하며 구시대의 제사장처럼 행동하고 있습니다.

모든 지도자에게 필수항목인 '서번트 리더십(Servant Leadership)'을 잊은 지 오래입니다. 섬김, 화평, 관용, 양순, 긍휼, 선한 열매, 편견과 거짓 없음이 그리스도의 가르침일진대, 오늘의 목회자들은 제자들의 발을 씻겨 주시던 주님의 '섬김의 자세'를 언제나 본받을 수 있을까요? 더디 마시고 속히 응답하여 주시옵소서!

구원의
길라잡이

　　요즘 들어 부쩍 '구원'에 대한 생각을 자주 하게 됩니다. 죄악으로부터의 구원, 영생의 구원까지 받으려면 어떻게 해야 하는 걸까, 늘 고민해 보지만 지은 죄와 허물이 많다 보니 마음만 조급할 따름입니다. 게다가 해가 바뀔 때면 지난날을 돌이켜보면서 새해엔 뭔가 달라져야 하지 않겠는가 하는 강박관념에 시달리기도 하지요.

　　언젠가 누가 제게 물었습니다.

　　"선생님은 언제(몇 날 몇 시) 구원받으셨나요?"

　　그 말에 선뜻 대답을 못하다가 "네, 구원받기 위해 노력하고 있을 뿐이지요" 했더니 "자기 생일은 기억하면서 그것도 모르느냐?" 하고 핀잔처럼 말하더군요. 이런 질문과 대답 사이에 어느 쪽이 옳은 건지는 아직도 잘 모르고 있습니다.

　　험하고 어려운 세상을 살아가면서 '어떻게 하면 실족(失足)하지 않을

까, 그리고 '구원의 문고리'라도 잡아 볼 수 있을까' 고민하다가 오래
전에 작은 일을 하나 시작했습니다. 다름 아닌 '가정예배'입니다. 매
일은 아니지만 가족이 다 모이면 예배를 드리곤 합니다. 하나님의 말
씀(성경)과 그리스도의 가르침이 우리 삶의 변치 않는 선생님이요 감독
이며 코치라고 믿기 때문입니다.

예배 순서에서 온 식구가 돌아가며 차례대로 기도하고 성경을 함께
봉독하며 찬송가를 부르다 보면, 그날의 반성과 함께 깨우침을 얻게
되고 가족 간의 사랑과 행복도 느끼게 됩니다. 또 가족 간의 사소한
감정이나 오해까지도 모두 풀리게 됩니다. "일전엔 서운했었다"고 묵
은 얘기를 털어놓으면 "아, 그래요? 미안해요"라고 즉석에서 화답합
니다. 그리스도의 가르침대로 오해가 이해로, 그리고 용서와 화해가
동시에 이루어지니 비록 작은 깨달음일지언정 실천하는 기회가 되기
도 합니다.

자녀 교육에도, 개인의 인생 경영에도 성경말씀처럼 훌륭한 교재가
없다는 게 저의 경험입니다. 가정예배를 드리는 날이 어버이날 즈음
이면 〈잠언〉에서 부모의 가르침에 순종하라는 교훈을, 결혼을 앞둔 자
녀에겐 〈에베소서〉에서 남편과 아내의 도리를 깨닫게 합니다. 이런 진
리의 말씀은 또한 옛 선현의 가르침(視思明 聽思聰, 눈으로는 바르고 옳게 사물
을 보며, 귀로는 소리의 참뜻을 듣도록 하는)도 쉽게 터득하게 합니다.

그뿐만이 아닙니다. 인생을 살다가 본의 아닌 실패로 좌절하거나

슬픔에 빠져 있을 때도 성서에서 '환난을 극복하고 새 소망을 가꾸는 격려의 말씀'을 듣고 용기 내어 새 출발을 하게 됩니다.

밤하늘에 빛나는 북극성(Polaris)이 길 잃은 이에게 생명의 길을 인도하는 것처럼, 하나님은 개인과 가정을 향하여 위로와 사랑과 격려로 새 삶을 일깨워 주시고 소망과 진리의 등불을 밝혀 주십니다.

"God's Survival Guide!"

구원받기를 바라는 세상 사람들이 외치는 소리입니다.

소중한 가정이 길을 잃고 방황하는 세상입니다. 그러나 우리 옆에는 주님 말씀을 묵상하며 실천하는 교회가 있습니다. '구원의 길라잡이' 역할을 수행하며 사랑을 실천하는 곳입니다.

(2003년 은평 Family Today)

구원의
문고리는

"In my heart!"

예술의전당 콘서트홀에서 여섯 명의 '할렘 흑인 영가단'이 열창을 하고 있다. 슬픔이 가득한 눈빛에 절규하는 몸짓으로 노래하는 저들은 과연 무엇을 간구하는 것일까.

음악이 다 어떤 메시지를 담고 있지만 저들이 부르는 노래는 독특하고도 강렬한 메시지를 전해 주었다. 구곡간장을 후벼파는 듯 끝없이 가라앉았다가 때로는 격렬하게 분출하면서 슬픔과 한(恨)과 환희를 담아내고 있으니, 무엇인가를 갈구하는 게 틀림없다.

반주도 별로 없다. 고작해야 피아노와 아프리카풍 드럼뿐이다. 음색은 단조롭지만 맑고 강렬하다. 극한으로 침강하는 슬픔과 좌절, 환희의 용솟음, 초월과 담담함이 교차되는 메시지가 노래로 승화되는 동안, 청중들도 하나되어 애절함에 울고 흥겨움에 어깨를 들썩였다.

나도 세태에 찌든 영혼이 맑아지는 듯한 느낌이 들었다. 그래서 흑인 영가를 구원을 향한 영혼의 소리, 갈망의 노래라 하는가 보다.

나이 들면서 구원에 대한 생각을 자주 하게 된다. 죄악으로부터, 영생에의 구원까지 받으려면 어찌해야 하는 걸까, 곰곰이 생각해 보지만 '이것이다'라고 답해 주는 이도 없고 뚜렷한 길라잡이가 있는 것도 아니어서 난감하다. '구원 문(門)'이라는 게 따로 있어 열고 들어가야 한다면 그 문고리는 어찌해야 잡을 수 있을까.

화가 렘브란트의 성화(聖畵) 중에 〈문고리 없는 문(門)〉이란 작품이 있다. 굳게 닫혀 있는 문 밖에는 그리스도가 서 있는데, 바깥쪽에는 문고리가 없어서 열 수가 없으니 안에서 열지 않으면 열리지 않는 문이다. 의미가 심장하다는 생각이 든다. 심오한 사유의 세계를 가진 분에게 물으니 "구원이란 결국 마음의 변화로 시작되어 안으로부터 문이 열려야 되지 않겠느냐"고 한다.

장공(長空) 김재준(金在俊) 선생의 가르침에 귀를 기울여 본다.

"종교에서 말하는 죄악 속의 현재는 차안(此岸)이요 구원된 세상은 피안(彼岸)이다. 이쪽 언덕은 죄악과 시련과 유혹의 세계이고, 저쪽 언덕은 극락과 영생의 천당이다. 가장 중요한 것은 지금 여기서의 삶, 인간다운 삶이 '제일의(第一義)'가 되어야 하며 하늘(神)의 뜻이 땅 위에서 이루어지려면 온 세상이 '사랑의 공동체'가 되었을 때 가능하다. 천당 가는 게 구원이 아니다. 믿는 자만 구원되는 게 아니다. 불신자(不信者)

는 구원 밖에 있으니 상관없는 게 아니다."

선생은 이렇게 개인적 이기심에 가득찬 기복신앙에 몰두해 있는 사람들을 나무라셨다.

이웃 사랑을 강조한 법정 스님의 말씀도 떠오른다.

"종교에 귀의하여 신앙 생활하는 그 자체만으로는 별 의미가 없다. 세상을 살아가면서 이웃과 따뜻한 마음을 나누고 자신의 행위를 안으로 살피면서 보다 성숙한 삶으로 한 층 한 층 쌓아올리는 일에 그 의미가 있다."

이제 구원에 대한 의문의 심연에서 조심스럽게 가닥을 잡아 본다. 사랑, 빛과 소금, 대자대비, 시인보덕(施仁布德) 등 선현들의 가르침에서 무엇을 먼저 생각해야 할지 어렴풋이 윤곽이 잡히는 것 같다.

우선 사람의 도리를 다하면서 불우한 이웃에게 위로와 격려가 되어야겠다는 생각이 든다. 재물만으로 구제(救濟)가 되는 건 아니라는 생각도 든다. 이 세상엔 물질적으로나 정신적으로 자신을 불태워 빛과 소금의 생애를 산 이들이 얼마나 많은가. 순교자, 기업의 이익을 사회에 반환한 기업가, 예술가, 테레사 수녀, 슈바이처 박사, 추운 사막에 쓰러져 있는 사람을 외면하지 않고 등에 업고 가서 목숨을 살린 이, 9·11사태로 세계무역센터가 무너져 내렸을 때 그 아비규환 속에서 노약자와 어린이를 먼저 밖으로 내보내고 목숨을 잃은 젊은이, 장애자 올림픽 경기에서 앞서가던 선수가 넘어지자 그를 일으켜 세워 어깨동무하고 나란히 골인 지점에 들어온 선한 장애자, 귀까지 멀게 되자 자살을 결심하고 유서까지 쓴 후 미완성 교향곡을 작곡하여 좌절하는 사람들에게 새 소망을 안겨 준 베토벤….

빛의 역할을 다하면서도 이름 없이 사라져 간 수많은 사람들이 있음을 알고 있다. 그렇다면 그들은 구원의 문고리를 잡지 않았을까. 이미 그 문을 열고 들어가 구원자의 품에 안겨 있을 것만 같다.

예나 이제나 세상은 불공평하고 고난받는 사람이 너무 많다. 이 세상은 의인(義人)들의 장(場)이 아니라 오히려 죄인들의 훈련장 같으니, 선하게 산다 한들 어찌 온전한 선(善)이 있을까만, 구원의 문고리라도 잡아 보려면 우선 인간의 도리를 지키며 사랑, 자비 그리고 빛과 소금의 역할을 감당하는 구제의 열매를 맺어야 하는 게 아닌가. 그러고 보니 두 팔을 벌리며 반기는 장애자집에 들르는 일도 바쁘다는 핑계로 날을 넘기고 있다.

나는 지금 어디에 서 있는 것일까.
구원의 이치를 깨닫는 것만도 이토록 어려우니
내게 '구원의 문제'는 구원(久遠)의 과제로 남을 것만 같다.

(2005년 은평 Family Today)

행복의 길목은 여기에

성가대원이 쓰는 편지

어떤 일을 하시나요?

처음 만나는 사람과 인사를 나눌 때 명함을 주고받거나 어떤 일을 하는지 서로 묻게 됩니다. 그럴 때 나는 몇 개의 명함 중에서 어느 것을 내놓을까 생각하다가 "교회 성가대원입니다"라고 자신을 소개합니다. 오랜 세월 성가대원으로 봉사해 왔고 또 내 삶에서 매우 중요한 부분이라고 믿기 때문입니다.

그런데 이럴 경우 가끔 난처할 때가 있습니다. 어느 모임에서 사회자가 "성악가로 활동하시는 아무개 선생을 소개합니다"라는 엉뚱한 멘트를 날려 식사가 끝난 후에 "노래 한 곡 청해 듣겠습니다"로 이어져 박수까지 미리 받는 경우가 그렇습니다.

참으로 난처합니다. 진짜 성악가가 들으면 기절초풍할 노릇이니 오해도 이만저만이 아닙니다.

힘겨운 삶의 무게와 행복할 권리

요즘 심각한 경제 위기로 우리 삶에 거센 파도가 밀려오고 있습니다. 실직자의 한숨과 눈물, 희망을 잃은 이들의 방황, 보고 듣는 사연들이 모두 실망뿐이니 삶의 거친 들판을 걸어가는 우리 모습이 화나고 슬프기만 합니다.

철학자 쇼펜하우어의 말대로 인생이란 '휴전 없이 겪는 고통과의 전투 과정'이긴 하지만, 그렇다고 좌절하며 주저앉을 수만은 없습니다. 창조주 하나님이 주신 귀한 생명을 잘 가꾸며 살아내야만 할 것이기 때문입니다. 이 땅에서 살아가는 동안 우리는 모두 행복할 권리와 자격이 있습니다. 행복을 꼭 찾아야만 합니다. 겉으로 보이는 행복이 아닌 진짜 행복을 말입니다.

행복의 길목을 찾아서

헛된 물질과 명예와 권력에서 얻는 행복이 아닌, 진정한 내면의 행복을 찾기 위해 나는 성가대원이 되었고 거기에서 행복을 찾았습니다. 위로와 격려, 시련과 극복, 그리고 삶의 상처를 치유해 주는 묘약을 발견했습니다.

600여 곡의 찬송가는 바로 우리 삶의 모든 과정을 감싸고 달래며 새소망으로 일깨워 주는 '은혜의 발전소'임을 깨달았습니다. 부활절과 성탄절, 송년예배 등 절기에 맞춰 100여 명의 성가대원이 합창으로 부르는 〈할렐루야〉 찬양은 은혜와 감동 그 자체입니다. 바로 그 자리에 예수님이 우리와 함께 계신다는 사실을 절감하기 때문이지요.

찬송가를 부르면 가사에 은혜와 용기를 받고 멜로디에 감동받는 이유가 여기에 있습니다. 하버드 의대 학장이 보낸 메일이 있습니다. 오랜 연구를 거듭한 결과 성가대원은 일반인보다 평균 15년 더 장수한다는 결과입니다. 받는 은혜가 한두 가지가 아닙니다.

성도와의 교제

성가대원으로 찬양할 때는 언제나 흰색 가운을 입습니다. 가운의 단추를 뒤에서 잠그게 되어 있어 누군가의 도움을 받아야만 입을 수 있습니다. 나는 몇 년째 성가대 윤종국 선생(총무님)의 도움을 받습니다. 다정하게 입혀 주는 그분에게 "고맙습니다"라고 인사하면 그분이 "앞으로 30년간 계속 입혀 드리겠습니다"라고 대답합니다. 그 말을 들으면서 아, 앞으로 30년이면 내 나이가 어떻게 되는지 떠올리게 됩니다. 100세 시대이긴 하나 까마득하게 여겨지곤 합니다.

하버드대에서 1938년부터 75년간 남성 700명을 대상으로 '행복의 첫째 조건이 무엇인지'를 연구해 왔답니다. 학자들이 대상 인물의 인생을 추적한 결과, 그 답은 부와 명예가 아닌 오직 '사회적 관계'였다고 합니다. 스마트폰도 컴퓨터도 아니고 친구가 많아야 되는 것도 아니랍니다. '서로의 좋은 관계'가 으뜸이란 것입니다. 이는 나이가 들어갈수록 더더욱 중요합니다. 성도의 교제가 얼마나 중요한지 새삼 느끼게 됩니다.

지금 인생의 험한 들판에 서 계십니까?

"많은 사람들이 부와 명예, 권력을 찾아 헤맵니다. 그러나 결국 모두 빈손으로 돌아옵니다. 왜냐하면 그것을 남이 주는 것으로 잘못 알았기 때문이다"라는 격언이 새롭게 다가옵니다.

사람은 누구나 비바람 휘몰아치는 험한 들판에서 외롭고 힘겹게 살아갑니다. 당신도 외롭고 힘겨울 때면 찬송가를 부르세요. 찬송과 기도는 바로 행복의 길목을 찾는 지름길입니다.

그러기에 나는 오늘도 누가 "무슨 일을 하시나요?"라고 물으면 "네, 성가대 대원입니다"라고 크게 말할 것입니다.

천국에서 보내온
반지

〈크리스마스 선물〉이라는 작품에 이런 내용이 있습니다. 성탄절을 앞두고 가난한 젊은 부부가 사랑하는 아내와 남편에게 선물 사 줄 돈이 없어서 아내는 자신의 머리카락을 팔아 남편의 시곗줄을 사고, 남편은 자기 시계를 팔아 아내의 머리핀을 준비합니다. 평소 남편은 아내의 고운 머리에 예쁜 핀을 꽂아 주고 싶었고, 아내는 남편의 시곗줄 없는 시계가 늘 안쓰러웠기 때문입니다.

성탄절 저녁, 아내는 머리에 수건을 쓰고, 남편은 긴소매 셔츠를 입고 식탁에 마주앉습니다. 아내는 자른 머리를 숨기고, 남편은 시계를 차지 않은 모습을 보이지 않기 위해서지요. 촛불을 켜고 식사하기 전, 서로에게 선물을 건넵니다. 선물을 받고 나서야 왜 아내가 머리에 수건을 썼는지, 남편이 긴소매 셔츠를 입었는지를 알게 됩니다. 그토록 애틋한 사랑을 알게 되자 그들은 서로를 부둥켜안고 한없이 울었다는 것입니다. 진정한 사랑이란 바로 이런 것이지요.

대지진으로 큰 환난에 빠진 일본 게센누마 지방에 사는 '오하라 에리코' 부인은 천국에서 보내온 반지를 선물로 받았습니다. 해일에 휩쓸려 사망한 남편이 3월 14일 화이트데이를 앞두고 아내에게 줄 선물(반지)을 준비했다가 세상을 떠난 후에 남편의 가방 속에서 발견한 것이지요.

영안실에 누워 있는 남편의 뺨에 묻은 진흙을 쓸어내리며 오열하는 아내의 심정이 어떠했을까요? 이제 겨우 두 살과 태어난 지 5개월 된 어린 두 딸을 데리고 오늘도 대피소에서 살고 있는 부인은 그 반지를 어루만지며 혼잣말로 다짐했답니다.

"사랑해요. 이 아이들은 내가 잘 키울게요."

외롭고 힘들게 살아갈 아내에게, 가족을 지키지 못하고 먼저 떠나는 남편의 마음이 미리 반지에 담겨져 천국을 통해 오롯이 아내에게 전달된 것이지요. '사랑하고 배려하는 마음'이야말로 그리스도의 마음이 아니고 무엇이겠습니까. 지금, 예수님은 재난 지역 폐허 위에서 통곡하고 계실 것입니다.

에리코 씨, 힘내세요. 주님이 꼭 지켜 주실 것입니다!

(2011년 은평 Family Today)

진리와 지혜의
등불을 찾아서

길을 잃었습니까?

지난여름 미국 출장 중이던 나는 그곳 교회에서 주일 예배를 드리고 있었습니다. 설교시간에 주연방법원 판사로 재직했던 요셉 목사님의 설교를 듣게 되었습니다.

"세상이 어지럽고 병들어 있습니다. 미국에서는 매 40초마다 재판 건수가 발생하며 하루에 무려 120만 건이나 되는 사건 사고가 생겨납니다. 이런 상황에서 우리 자신은 물론, 사랑하는 자녀 교육은 심각한 문제입니다. 그들에게 어떻게 꿈과 목표를 심어 주며 올바른 정신을 함양할지가 걱정이지만, 우리는 모두 길을 잃고 있습니다."

그 말씀을 들으면서 우리나라 상황을 떠올리게 되었습니다.

우리 사회의 희망 결핍증

우리 사회도 어수선하고 불안합니다. 서민경제는 바닥이고 때아닌

각종 '이데올로기'가 난무하는 가운데 국민은 정서적으로도 황폐해지고 있습니다. 사회 전체가 원칙이 없고 윤리 도덕은 실종되었으며 법도 지켜지지 않으니 개인, 가정, 사회 모두 혼란 속에서 내일을 기약하지 못한 채 미래에 대한 '희망결핍증'을 앓고 있습니다.

진리와 지혜의 등불을 찾아서

오늘의 어려운 사회 현상을 두고 어떤 이는 '국운(國運)이 그렇다'며 한탄하고, 또 누구는 '하루 속히 길을 찾아야 한다'고 초조해하기도 합니다. 길을 잃고 헤매는 우리는 과연 그 '길'을 어디에서 찾을 수 있을까요?

인류학자 아놀드 토인비는 "인류의 역사는 도전과 응전의 역사다. 수많은 도전에 어떻게 응전하느냐가 생존을 판가름한다"고 설파하였습니다. 그렇다면 어떻게 응전해야 할지 고민하지 않을 수 없게 됩니다.

세상에는 수많은 이론과 가르침을 주는 책들이 나와 있습니다. 금언, 명언, 속담, 고사성어에서도 우리는 많은 것을 배우고 깨닫습니다. 심지어 셰익스피어의 희곡에서도 삶의 지혜를 얻습니다. 그러나 시대와 지역을 초월하여 불변의 진리, 지혜를 주는 것은 역시 성서가 으뜸이라고 믿습니다. 수천 년을 두고 인류에게 불멸의 진리를 가르쳐 준 성서로부터 우리가 목말라하는 해답을 바로 찾을 수 있을 것입니다.

개인이든 가정이든 한 나라의 국운이든 길을 몰라 헤맬 때, 위기가 닥쳤을 때, 위로와 격려가 필요할 때, 새로운 소망을 가꿀 때… 밝은 등불로 우리를 깨닫게 하며 일으켜 세우는 지혜와 진리가 성서 속에 담겨 있기 때문입니다. 인생 여정에서 수많은 '도전에 대한 응전'을 '성서의 가르침'에 따라 할 수만 있다면 반드시 성공적인 삶을 살아갈 수 있다고 믿습니다. 우리를 가르치고 책망하며 바로잡고 징계함이 모두 그 안에 담겨 있습니다.

앞에서 들은 목사님 설교에서는 '자유 의지(Free Will)'가 강조되었습니다. 자신이 재판관으로 근무할 때, 강력한 법으로 피고인에게 '강요'도 해 보았지만 결과적으로 아무런 효과가 없었다는 경험담도 들었습니다. 그래서인지 하나님은 선악의 기준을 제시하고 선택의 길을 안내하지만 절대로 '강요'하지 않는다고 하였습니다. 그러고 보면 결국 문고리 없는 구원의 문이 안으로부터 열려야만 되는 이치도, 강요가 아닌 자유 의지에 따라 구원의 길을 찾을 수 있다는 진리도 각자 마음의 변화로부터 시작되는 것임을 깨닫게 됩니다.

길 잃은 이들에게 북극성 역할을 감당하는 교회

"지금 길을 잃었나요?" 오래전 인기 절정이었던 영화 〈겨울연가〉의 한 장면입니다. 두 주인공이 북극성을 바라보며 상대방에게 묻는 말입니다. 절대로 위치를 바꾸지 않는 북극성은 길 잃은 사람에게 뚜렷하게 방향을 알려 주어 고통에서 벗어나게 하고 생명까지 구해 줍니다. 참된 교회는 우리 삶의 '북극성'과도 같으며, 바로 '구원의 길목'입니다.(2009년 은평 Family Today)

제5부
우리는 생각하는 갈대가 아니었던가 (일본수필)

우리는 생각하는
갈대가 아니었던가

사토 아이코(佐藤愛子) · 함광남 옮김

얼마나 세월이 흘렀을까? 예전에는 '사는 보람'이라는 주제가 꽤나 넓게 회자되면서 주부의 사는 보람, 노후의 보람, 샐러리맨의 보람 등이 에세이나 강연 테마로 자주 등장하였다. 왜 그렇게 삶의 보람에 대해 생각하게 되었는가? 나처럼 나라의 어려움이나 개인의 고난이 중첩되어 정신없이 살아가는 경우에는 삶의 보람 같은 것은 생각할 겨를이 없었기에 그런 질문을 받으면 늘 대답이 궁하곤 했다.

그런데 요즘 '삶의 보람론(論)'은 자취를 감춘 것 같다. 전에는 '버블' 경기로 사람들이 모두 풍요로웠기 때문에 삶의 보람에 대해 생각할 여유가 있었다. 하지만 지금은 '버블' 붕괴로 저쪽 은행이 망했다, 이쪽 증권회사가 위험하다는 등의 시대가 되다 보니 미처 경황이 없어서인지 "삶의 보람 좋아하네" 하면서 보람론은 어디론가 사라져 버렸다.

지난날 나라가 어려웠을 때 국민들은 생각을 많이 했었다. 특히 청년들은 인생에 대하여, 사회와 자기 자신에 대하여 진지하게 생각했다. 일하고 싶은데 왜 일이 없는가, 일을 끝없이 해도 왜 가난을 면치 못하는가, 왜 권력은 그다지도 강한가, 왜 자기 생명을 전쟁터에 버리러 가는가 등 어느 것이나 소박하면서도 절실한 의문이었다. 젊은이들은 사회 모순을 느끼고 싸울 것인가, 타협할 것인가, 전체를 위해 살 것인가, 개인의 행복을 우선으로 할 것인가에 대해 방황하고 고민하며 분노했다. 스스로의 무능력을 한탄하고 뜻대로 안 되는 현실에 절치부심했다.

그러나 경제 대국이 된 이후 사회는 자유와 풍요함으로 '생각하지 않는 일본인'을 만들어 냈다. 어떻게 살 것인가를 굳이 생각하지 않더라도 그냥 '보통'으로 있기만 해도 살아갈 수 있다. 청년들이 생각하는 것은 기껏 대학 시험과 취직에 대한 것이다. 장년이 생각하는 것은 어떻게 하면 사회 흐름과 타협하여 이득을 취할까 하는 것이고, 노인은 어떻게 노후를 즐기고 안락하게 죽을 수 있느냐를 생각한다.

남자 대학생들에게 "만일 나라가 군사 공격을 받을 경우 어떻게 할 것인가?"라는 앙케트 조사를 했더니, '싸우겠다'가 100명 중 단 한 명이고 99명은 '안전한 장소를 찾아 도망간다'고 했단다. 이 말을 전한 사람의 취지는 젊은이들에게 용기와 애국심이 결여되었다는 점을 한탄한 것이지만, 내 생각은 '그들은 아무 생각도 하지 않는다'고 보고 싶다. 모르긴 해도 그들은 반사적으로 답을 한 것뿐이다. 그들은 생각하지 않는다. 생각하는 게 귀찮다는 것보다는 생각하는 습관이 없어

졌음에 틀림없다.

"인간은 약한 갈대와 같다. 그러나 인간은 생각하는 갈대다"라고 파스칼은 말했다. 또 "우리의 품위는 사고(思考) 속에만 존재한다. 바르게 생각하도록 노력하자"라고도 했다. 하지만 오늘의 인간은 생각하는 갈대가 아니다. 우리는 우주로 뛰어나가 겁없이 그것을 이용하려 하고 있다. 과학의 힘으로 목숨을 만들어 내고 죽음도 멀리할 수 있다고 생각하고 있으니 '바르게 생각하는 것'을 버린 셈이다.

"나는 가난한 젊은이가 좋다. 젊음에 불타는 에너지로 주먹을 불끈 쥐고 도전해 나아가는 그 모습이 좋다. 학교 옆 하숙촌을 올려다보면 하숙집의 수없이 많은 창문들이 나를 보고 무엇인가 말하고 싶은 듯 불빛을 드리우고 있다. 이 많은 창문 중 어느 창문에선가 미래의 위인이 나올 것이란 생각을 하니 회포가 치솟는다. 동시에 이 창 속에서 유능한 인재가 허무하게 시들어 버릴 운명을 가진 자가 있을 것을 생각하면 가슴이 무너지는 듯하다."

나의 선친이 과거에 썼던 일기의 한 대목이다. 하숙집의 무수한 창에 밝게 드리운 불빛, 가난한 학생들이 열심히 책을 읽고 있는 모습을 상상하며 상기된 아버지가 그 청년들을 생각했던 그 마음이 나의 가슴에 뜨겁게 와 닿는다. 가난하고 모순에 찼던 시대, 각고면려(刻苦勉勵)라는 말이 생생하던 시대다.

전에는 가난하기 때문에 젊은이들이 생각을 했다. 암울해서 생각했기에 광대한 미래가 있었다. 가능성에 찬 양양한 전도와 꿈이 있었다. 이것이 가난한 젊은 청춘에게 빛을 주었다. 지금 풍요만을 쫓아 생각하기를 버린 우리에게 과연 어떤 미래가 있을까? 젊은이와 우리는 무엇을 향해 살려고 하는가? 더 풍요로움과 안락함을 향해서? 그렇다면 거기에는 도대체 어떤 희망이 있는 것일까?

오늘의 경제 파국은 머지않아 공황을 불러올지도 모른다. 나는 지금 오히려 그렇게 되는 편이 낫다고 생각하고 있다. '빈곤'이 우리로 하여금 '바르게 생각하는 것'을 상기시켜 준다면 나의 노후의 불안 문제는 두 눈 딱 감고 견뎌 보려는 마음에서다.(新潮 45, 1월호)

* 사토 아이코 : 일본 소설가, 에세이스트

작은 얼굴 붐

고우하라 유키나리(香原志勢) · 함광남 옮김

요즘 일본 젊은이들 사이에선 작은 얼굴 붐이 한창이다. 상점에는 작은 얼굴 만들기 기구들이 즐비하고 인파로 북적댄다. 작은 얼굴 하면 탤런트 '아무로 나미에'인데, 연예계 정보에 어두운 나는 그녀 얼굴을 보지 못했었다. 그런데 일전에 그녀의 결혼 소식이 크게 보도되었을 때 보니 과연 작고 귀여운 얼굴, 바로 어린아이의 모습이었다.

작은 얼굴용 기구로는 가면이나 목도리 등이 고안되어 있다. 이것을 얼굴이나 목에 감싸 따뜻하게 하거나 차갑게 해서 얼굴 선을 당겨준다는 것이다. 화장품도 있는데 그걸 바르면 발한(發汗)을 촉진시켜 부기가 빠진다고 한다. 다행히 얼굴뼈를 깎는 생각은 그다지 안 하는 것 같다.

그렇게 한다고 해서 얼굴이 작아진다고는 보지 않지만, 중요한 것은 이런 기구와 화장품을 사용함으로써 만족감을 얻고 있다는 사실이다.

고객 대부분은 여성인데 소수 남성들도 구입한다고 한다. 작은 얼굴 만들기 역시 돈과 노력 없이는 되지 않는다.

실제로 인간은 작은 얼굴로 변해 가고 있다. 귀가 솔깃한 얘기지만 그렇다고 기뻐하기엔 아직 이르다. 몇만 년, 몇십만 년 단위의 얘기지만 화석 유인원(化石類人猿)으로부터 원(猿)인류 · 원(原)인류 · 구(舊)인류로 진화되는 과정에서 뇌의 크기 대비 얼굴 비율은 낮아져 왔고, 오늘날의 인류는 얼굴이 현격하게 작아지게 되었다는 것이다. 이 모습이 틀림없는 우리 얼굴이다.

최근 젊은 사람들의 턱은 확실히 좁아지고 있고 이런 경향은 앞으로도 계속될 조짐이다. 음식물을 꼼꼼히 씹지 않으면 턱뼈는 작아지지만 치아는 그대로 있기 때문에 치아 배열은 균형을 잃게 된다. 그리되면 부조화 현상이지 진화라고는 볼 수 없다. 하지만 식생활을 바르게 하면 회복은 가능하다. 이런 점에서 진화란 거꾸로 되지 않는 것임을 알게 된다. 어찌되었거나 작은 얼굴이라 할지라도 들쭉날쭉한 치아로는 모양새가 좋지 않을 것이다.

앞의 이야기와는 반대로 인간의 성장 과정을 보면, 아이가 어른으로 커갈 때 뇌에 비해 얼굴 비율이 점차 증대한다. 출생 시 뇌세포 수는 어른과 같지만, 뇌의 부피가 배가하는 정도에 따라 얼굴은 아주 미숙한 상태로 태어나기 때문에 모유를 먹을 때의 얼굴은 작지만 이윽고 치아가 나고 음식을 씹어 먹으며 영구치로 교체되면서부터는 얼굴(특히 얼굴

아랫부분)이 현저하게 커진다. 코나 입도 비율에 따라 커지지만, 좌우 눈 사이는 아이 때와 비교해 봐도 그렇게 커지지 않는다. 이것이 어른의 얼굴이다.

얼굴 대부분이 말하자면 음식물 씹는 공장 역할을 하고, 남은 부분은 호흡기초부와 감각기가 되는데 얼굴 표면에는 표정근(表情筋)이 발달하고 이는 마음의 움직임에 따라 활발하게 또는 미묘하게 움직이게 된다. 이처럼 사람마다 독특한 얼굴을 가짐으로써 마치 '이름표'같이 본인을 대표하는 기관(器官)이 된다. 그래서 '음식물 씹는 공장'의 능력은 저하될지라도 눈에 보이는 얼굴 외모를 중시하게 되었다. 그러다 보니 아름답게 보이려는 욕망은 더욱 부풀게 되어 상점과 성형외과 병원은 문전성시를 이루고 있으니 머지않아 본래의 우리 얼굴 모습은 행방불명이 될지도 모를 일이다.

오늘의 작은 얼굴 붐을 생각해 볼 때 거기엔 사랑스럽고 귀여운 어린아이 얼굴을 동경하는 마음이 자리잡고 있음을 엿볼 수 있는데, 이것은 젊은이들 사이에 나타나고 있는 '피터팬 신드롬'만 봐도 알 수 있다. 그들은 묘하게도 어른이 되는 것을 거부하고 있는데, 반면 구미의 젊은이들은 빨리 어른이 되고 싶어서 어른 흉내를 내고 있다고 한다. 젊은이들이 어른 되길 싫어하는 게 몸과 마음이 허약하기 때문인지, 지하철 노약자석에 앉아 그 큰 몸에 좁은 턱의 얼굴을 얹어 놓고 어린아이처럼 졸고 있는 모습을 자주 보게 된다.

젊은이들이 신체 각 부위의 고유 기능을 무시하고 단지 얼굴만 작아지기를 열망하여 인위적 방법을 쓴다면, 결국 인간은 진화에 역행하여 퇴화의 길을 걷게 될 것이 아닌가. 삼라만상은 자연 그대로의 모습이 온전하고 아름다울진대 인간이 자연을 훼손하더니, 이제는 인간 본래의 얼굴 모습까지 겁없이 바꾸려 하고 있다.

작은 '얼굴 붐'이라는 또 하나의 패션 풍조를 보면서 그 내면에 숨겨진 것들을 생각해 보면, 큰 얼굴을 가진 나는 이질감을 느끼게 될 뿐만 아니라 우리 모두의 앞날이 어찌 될 것인지 걱정만 쌓인다.

(This is 요미우리 2002년 2월호, 2003년 에세이문학 여름호)

* 고우하라 유키나리 : 릿쿄대학(立教大學) 교수

낙원의
창조

이노우에 히사시(井上ひさし) · 함광남 옮김

    역사적 사례를 보거나 요즘 우리 사회에서 일어나는 일들을 보더라도 13, 14세 정도면 어른(성년)이 아닌가 싶다. 은나라 왕비이면서 포악하기로 유명했던 달기(妲己)가 유곽에 흘러들어 온 때가 14세였고, 여자 산적으로 귀신이란 소문이 자자했던 '오마쓰'가 기생으로 팔린 때가 13세였다고 한다. 그리고 과거(平安時代) 역대 천왕의 성년식 평균 연령은 13.8세. 성년식을 마친 태자는 그날 밤 여성과 동침함으로써 어른으로 인정을 받게 되었다.

  사람마다 수명이 다르니까 단순 비교는 어렵지만, 지금으로 따져 보면 이들은 중학생에 불과하다. 요즘 여중생들의 원조 교제를 두고 떠들썩하지만 신체 성장면에서 볼 때 그들은 이미 초경을 치른 어른이 아닌가. 그리고 보면 남녀 모두 13, 14세 때 어른이 된다는 얘기인데, 그렇다면 이 연령일 때 뇌의 발달 정도는 어떤 상태일까.

여기서 알아야 할 점은 13, 14세가 되면 인간의 뇌는 발달이 거의 끝난다는 사실이다. 우리가 고고의 소리를 지르며 태어날 때 뇌의 무게는 평균 350g이다. 크리스토퍼 윌즈가 펴낸 《폭주하는 뇌》를 보면 350g이란 청량음료 한 캔 분량이다. 태내에서 나올 때 아주 좁은 길목(産道)을 통과해야 하므로 작게 시작되지만, 이런 제약에서 해방된 후에는 폭발적으로 커져 일 년에 무려 세 배나 증가한다. 그 후로는 감속 성장하여 대개 20세 전후가 되면 최종 크기인 약 1,400g이 되는데, 그 90%인 1,200g이 13, 14세 때 이루어진다는 것이다.

침팬지의 경우는 출생 시 뇌의 무게가 사람과 똑같은 350g인데 다 성장해도 450g밖에 안 된다. 이와 같이 침팬지는 태내에서 80% 이상 완성되어 태어나는데, 사람은 25%만 생성된 상황에서 모태로부터 추방되는 숙명을 지녔으니 미숙한 채로 낙원에서 쫓겨나는 존재인 것이다. 왜 그리되었을까? 뇌의 4분의 3을 왜 자궁이 아닌 위험한 외계에서 키우지 않으면 안 될까?

산부인과 전문의들에 의하면, 침팬지처럼 뇌를 태내에서 80%나 키워서 내보내기에는 산모의 출산 통로가 너무 좁다는 것이다. 출산 때 산모의 진통은 평균 100회에서 150회, 태아의 머리 부분은 마치 소시지처럼 길고 가늘게 늘어져 산모 골반의 형태에 맞춰 나사처럼 선회하면서 자궁의 수축력에 의해 밖으로 밀려나오게 된다. 즉 태아는 산모의 아픔을 이용하여 선회하면서 출구를 향해 전진한다. 이를 태아 입장에서 보면 이렇게 표현할 수 있지 않을까?

"두개골이 쓰시고 아프다. 거기엔 모든 충격을 흡수해 주는 양수도 없어서 그 고통은 말로 다할 수가 없다. 참고 또 참고 백 수십 회의 전진 끝에 마침내 외계로 나오게 된다. 그때 플래시를 한꺼번에 100개 또는 200개 정도 터트린 것같이 눈부시다. 마치 지뢰를 밟은 것 같다."

비록 4분의 1밖에 발육하지 않은 뇌이지만 태어날 때 이처럼 고통이 따르게 되니 만일 뇌가 80%나 자랄 때까지 태내에 두었다가는 그 좁은 골반과 통로를 통과하기란 코끼리가 바늘 구멍을 지나가는 것보다 어려울 것이다. 그래서 사람은 미숙한 채로 이 세상이라는 무대에 등장해서 나머지 4분의 3에 해당하는 뇌를 키우게 되는 것이다.

다시 말하면 태내가 아닌 곳에서 뇌가 거의 완성되는 13, 14세가 될 때까지는 이 세상이 곧 그들의 태내가 되는 것이다. 그러니까 가정과 우리 주변의 공동체, 그리고 학교가 그들을 위한 모태가 되지 않으면 안 된다. 즉 미숙한 뇌에 인간의 정신을 심어 주고 올바른 행동을 할 수 있는 도리를 가르치는 책임이 우리에게 있지 않겠는가. 낙원(산모의 태내)에서 쫓겨 온 그들에게 우리가 또 하나의 낙원을 준비해 주지 않으면 안 된다는 말이다.

그럼 그 '낙원'이란 무엇인가. 더할 나위 없이 그것은 모어(母語)다. 잘 아는 바와 같이 생후 6개월에서 1년 사이를 남어기(喃語期, 어린아기가 제비처럼 재잘거리며 말하는 시기)라 한다. 그들의 언어판은 새하얗고 신경세포군에는 아직 아무런 배선 작업(신경세포의 연계)도 이루어져 있지 않다.

즉 백지이기 때문에 거기에는 어떤 언어라도 써넣을 수 있다. 이 시기의 갓난아기를 일본어라는 환경에 두면 일본어의 배선이 깔리고, 한국어의 환경에 두면 한국어의 배선이 깔린다.

40여 년 전 NHK 학교 방송부에서 〈인간은 태어나서 5세 될 때까지 어떤 언어를 익히게 될까?〉라는 프로그램을 만든 적이 있다. 전국에서 신생아가 있는 10가구를 선택하여 각각의 집에 녹음기를 비치, 5년에 걸쳐 기록했다. 여기서 알게 된 것은 아기들의 어휘가 한 살에는 5개, 한 살 반에는 40개, 두 살에는 260개로 늘어나고 세 살이 되면 단번에 800개로 증가한다는 것이다. 그리고 이 시기에 자의식이 발생한다는 중요한 사실을 알게 되었다. "세 살 버릇 여든까지 간다"는 속담도 있지만 아기들은 이 800개 단어로 자의식을 형성해 간다는 사실이다.

그 후의 추적 조사에서 밝혀진 것에 의하면 7, 8세가 되어 초등학교에 들어갈 무렵 두 번째 큰 변화를 갖는다. 어휘가 느는 것은 당연하고 각종 접속어와 접속법을 거의 완벽하게 사용하기에 이르며, 감각으로써가 아닌 말을 사용해서 사고와 추리력을 쌓아 갈 수 있게 된다는 것이다.

세 번째 큰 변화는 13, 14세 전후해서 온다. 어휘는 한층 더 늘어나고 말의 질서화가 이루어진다. 예컨대 여러 가지 말을, 그리고 말이 지시하는 사실이나 지식, 관념을 자기를 중심으로 질서를 세워 정리하고 나름대로의 세계관(자신은 이 세상을 어떻게 보는가, 그런 세상에서 어떻게 살아가면 좋은가)을 확립한다. 이와 같이 하여 그들은 마침내 실질적 사고를 갖춘

'사람'이 되는 것이다. 다른 말로 하면 자아를 확립하고 사고력을 붙여 자신의 세계관을 제2의 태내(출생 후의 이 세상)에서 체득함으로써 비로소 뇌가 80~90% 완성된다는 사실이 밝혀졌다.

여기서 결론을 내린다면, 지금까지 기술한 것을 바탕으로 볼 때 칼로 선생님을 찌른 남자아이나 둘이서 힘없는 노인을 때린 여자아이가 있다고 해서 어른들이 경악하는 것은 잘못이다. 왜 그런가. 그들에게 그와 같은 세계관을 갖게 한 '제2의 태내'에 문제가 있음이 확실하기 때문이다.

어떻든 어머니의 태내로부터 출생한 그들을 맡아 키워 온 제2의 태내, 즉 가정, 그들 주위의 공동체, 학교, 사회 등을 포함해서 어른들이 보여 준 세상 모습이라는 것이 말은 빈약하고 소행은 눈을 가려야 할 만큼 부끄러운 짓들로 가득하니, 모름지기 어른들은 대오각성하여 행동하여야 하고 말은 정확하게, 성실하게, 풍요롭게 그리고 유쾌하게 사용하는 모범을 그들에게 보여 주어야만 한다.

그렇게 하지 못하는 한 아이들에게 '낙원'은 없다.

(2003년 에세이문학 가을호)

* 이노우에 히사시 : 일본의 대표적인 희곡작가. 요미우리문학상 및 기시다희곡상 수상.

새들의
'실낙원'

야마기시 사토시(山岸哲) · 함광남 옮김

아내가 있는 남성과 남편이 있는 여성 간의 열렬한 사랑을 다룬 연애소설 《실낙원(失樂園)》(와타나베 준이치)이 많은 독자의 관심을 모았는데, 그 소설 속의 이야기들이 그대로 사회 현상으로 전이되어 나타났다. 이런 현상이 동물의 세계에서는 과연 어떻게 나타나고 있을까. 이런 궁금증은 동물행동학자가 아닐지라도 흥미진진한 부분일 수밖에 없다.

인간처럼 도구를 사용하고 약초를 먹으며 살인 청부업자, 심지어 정치까지 한다고 알려진 침팬지는 유감스럽게도 부부로서 한 쌍을 형성하지 않기 때문에 남편이나 아내가 서로 배반할지라도 애당초 상관이 없다. 침팬지가 그러하듯 포유동물은 일부일처로 한 쌍을 형성하고 새끼를 키우는 예가 소수에 불과하다.

세상에는 9천 종이나 되는 조류(鳥類)가 살고 있는데, 그중 90% 이상이 일부일처제로 한 쌍이 협력하여 새끼를 키운다고 알려져 왔다. 암 컷과 수컷이 오순도순 새끼를 기르는 모습이 아름다워서였을까, '원 앙새 부부'라든지 '원앙의 인연'이란 격찬의 말도 생겨났고, 새야말로 정절의 본보기처럼 여겨져 왔던 것이다.

그러나 이러한 인식에 금이 가기 시작한 것은 1960년대부터다. 이 시기는 조류 연구에서 '개체 식별'이 상식화되고 그 성과가 나타나기 시작한 때다. 원래 교미 행동의 속성이 그러하듯 새들 역시 은밀하게 숨어서 하는 경우가 많으니, 비록 인간이 관찰한다 할지라도 그것이 '부부간의 교미'인지 '사연 있는 교미'인지 판단하기가 어려울 수밖에 없다. 그래서 '컬러링' 등에 의한 정확한 개체 식별법이 고안되었던 것이다.

그런데 같은 행위를 두고 "왜 여성이 하면 불륜이고, 남성이 하면 바람인가"라고 여성들로부터 항의를 받는 경우가 있는데, 이러한 남성 중심적 사고가 뿌리 깊은 이유는 소위 윤리라는 것을 남성 쪽이 제정하였기 때문이란 생각이 든다.

학계에서는 한 쌍 이외의 개체(배우자)에 의해 행해지는 교미를 암컷 수컷을 불문하고 '결혼 외 교미'라는 뜻의 EPC(Extra Pair Copulation)라 하고, 반대로 한 쌍끼리의 교미는 '한 쌍 내 교미'라는 뜻의 약자로 PC라 부르고 있다. 지난날에는 EPC가 어느 날 야외에서 발견되면 그 것은 호색적인 개체(배우자)가 본의 아니게 상궤를 벗어나 우연히 저지른 행동이라고 해석해 왔다. 이런 일이 일상적으로 일어날 리가 없다고 믿었기 때문이다. 새만큼은 그런 일을 하지 않을 거라는 연구자의 바람이 있었는지도 모를 일이다.

하지만 그러한 소망은 허무하게 깨졌다. 우리는 백로 암컷 7마리를 1,000시간 이상 관찰하였는데, 총 239회 교미 행위 중 무려 147회(62%)가 다른 수컷과의 교미이고, 그중 38회(26%)는 온전한 사정에 이르렀다고 추정하게 되었다. 게다가 까치의 DNA를 사용해 새끼 99마리를 샘플로 부모와의 친자 여부를 감정했더니 그중 10마리가 부친이 달랐다. 백로나 까치뿐만 아니라 대부분의 새들이 결혼 외 교미로 부친과 새끼의 유전인자가 때에 따라 다르다는 것이 상식화되었다.

조류연구가 중 남성이 많기 때문일까. 처음엔 이러한 EPC 현상이 수컷의 힘에 의해 일어나는 것이고 암컷은 어쩔 수 없이 수동적으로 받아들이는 것으로 믿었다. 그래서 새들의 EPC 행동을 두고 과학잡지에서 '강간'이란 단어를 사용한 연구자마저 있을 정도였다. 그 후 표현이 부적절하다고 해서 '강제 교미(forced copulation)'라는 용어로 바뀌었지만 의미는 대동소이하다.

조류는 외생식기가 발달되어 있지 않아 교미 행위를 관찰하는 데 서로 몸을 밀착시키고 특정 부위에 사정하는 것으로 기준을 삼는다. 그러니까 만일 암컷이 교미를 원치 않으면 몸을 조금만 움직이면 되는 것이다. 새들이 교미를 피하고 싶으면 땅에 납작 엎드리는 것이 좋은 예다. 강제 교미란 있을 수 없다. 그런데도 혼외정사로 태어나는 새끼가 있다는 사실은 유감이지만 암컷이 오히려 그걸 바라고 있는 것이라 생각할 수밖에 없다.

이러한 사실을 입증하는 연구가 유럽에 나와 있다. 일부일처제로 잘 알려진 제비의 경우인데, 수컷의 질은 연미(燕尾)의 길이로 결정된다. 그러니까 연미의 길이가 길수록 최고의 수컷이란 이야기다. 조사 결과에 의하면, 꼬리가 긴 수컷의 배우자는 EPC를 그다지 하지 않고 꼬리가 짧은 수컷의 배우자일수록 EPC를 많이 하는데, 그 상대가 꼬리가 긴 수컷이었음은 두말할 필요가 없다.

몹시 괴로운 결과다. 우리를 번민에 빠지게 하는 얘기가 아닌가. 유전적으로 최고의 수컷을 만나 한 쌍을 이루고 우수한 새끼를 낳기 위해 혼외정사를 벌인다는 무서운 얘기가 되니 말이다. 십계명에 "네 이웃의 아내를 탐하지 말라" 하였지만, "네 이웃의 남편을 탐하지 말라"는 계명이 추가되어야 하지 않겠는가.

부부 사이가 화목하고 협력해서 새끼를 키운다고 믿어 온 새들이 이기적이게도 유전자의 질과 수를 최대로 하기 위해 EPC를 하고 있다는 결론은 '유교적 부부 사랑'을 선호하는 일본인에게는 곤혹스러운 이야기다. 게다가 나처럼 바람둥이로 보일 수 있는 이런 연구를 하고 있으면 상당한 호색가로 평가될 것 같은 자격지심이 든다. 나 자신은

여생이 멀지 않으니 어떻게 보여도 상관없겠으나, 함께 연구하는 제
자들이 취직할 때 혹시라도 품격을 의심받아 불리하지 않을까 걱정스
럽다.(중앙공론 4월호, 2002년 에세이문학 겨울호)

＊ 야마기시 사토시 : 교토대 동물행동학 교수

위험한 말
한마디

쓰찌야 겐지(土屋賢二) · 함광남 옮김

불행의 씨앗이란 언제 어디서나 생겨나지만 무심코 뱉은 말 한마디가 돌이킬 수 없는 결과를 낳을 수도 있다. 이 같은 실언을 세분해 보면 무려 58만3천여 종류나 되지만, 여기서는 우선 네 가지로 분류해 본다.

1. 단순한 표현 잘못

나는 흔히 "오하요(아침 인사)" 할 것을 "곤니찌와(하루 중 시간을 구분하지 않고 쓰는 인사)" 하곤 하는데, 이는 단순한 표현 잘못이다. 이 경우 실제로 해(害)는 서의 없다. 기껏해야 '이 사나이는 오전 · 오후를 구별하지 못하는구나' 하는 정도다.

이름을 잘못 부를 때도 있다. 예컨대 '다나까'라고 할 것을 '다누끼'라고 부르는 경우다. 이때 운이 나쁘면 상대방을 매우 화나게 할

가능성이 있다. 만일 상대방이 '다누끼(너구리)'와 닮았다는 뜻으로 받아들이면서 너구리를 천시하는 의미로 해석할 때는 이만저만 낭패가 아니다.

더욱 심한 경우는 'A'를 'B'로 잘못 부를 때다. 이 경우 A보다 B가 몇 배나 더 미인이든, A가 B로 되고 싶어 하든 간에 이는 분명히 다툼으로 발전하게 된다. 자기가 천시하는 '너구리'라 불려서 화가 난다면, 왜 자기보다 더 우월한 이름으로 불려도 화를 내는 것일까? 정말 알 수 없는 일이다.

이렇게 단순한 말(표현) 잘못을 프로이드는 '무의식적 욕구의 표현'이라고 했다. 그러나 오전을 오후로 잘못 말하거나 '다나까'를 '다누끼'로 잘못 부르는 데에 어떤 욕구가 숨어 있는지는 아직 분명하지 않다.

2. 해서는 안 될 말을 하는 경우

예컨대 대머리 앞에서는 대머리 이야기를 하지 않는다. 그 말을 피했다고 해서 머리가 새로 날 것도 아닌데 말이다. 하지만 생각이 좀 모자라는 사람일지라도 대머리를 화제에 올리지 않는 것이 상대방에 대한 배려라고 생각한다. 이것이 상식이므로 대머리 앞에서 대머리를 화제로 삼으면 매우 곤란한 사태에 이르게 된다.

그런데 말을 하지 않아도 위험한 관계를 낳을 때가 있다. 오래전 아내가 끌고 가던 쇼핑 카트에 아주 험악하게 생긴 남성이 발이 걸려

넘어진 일이 있었다. 아내는 당연히 미안해하며 사과했어야 함에도 자신도 모르게 그만 웃어 버렸던 것이다. 그 자리에 함께 있던 나는 순간적으로 아내와 관계없는 사람처럼 시치미를 뗌으로써 어려움은 모면했지만, 이처럼 웃어서는 안 될 장면에서 웃는 바람에 옆에 있는 사람까지 큰 위험에 말려드는 경우가 흔히 있다.

이런저런 경우가 있지만 내 경우를 들어보자. 내가 취미로 하는 재즈 피아노 연주를 여러 사람 앞에서 해 보이면 대개의 사람들은 연주를 들은 직후인데도 화제를 연주와는 상관없는 엉뚱한 것으로 옮긴다. 연주에 대한 감상을 억지로 물으면 '곡이 좋다'는 정도로 흘려버리거나 '놀랐다'는 애매한 표현으로 얼버무리기 일쑤다. 어째서 솔직하게 느낌을 표현하지 않는 것일까? 너무 솔직하게 표현해 버리면 내가 기분 나빠할까 봐 걱정해서일 것이다.

학생들은 또 어떤가. 나와 마주한 채로 지독한 험담도 마구 해댄다. 그러니 나 없는 곳에선 이루 말할 수 없겠지. 아마 틀림없이 "선생은 핸섬하긴 해도 '디카프리오(미국 배우)'만큼은 어림없어!"라며 깎아내리겠지.

3. 상대방을 모르거나 오인한 경우

대개의 실언은 이 패턴에 속한다. 파티장에서 옆 사람에게 수학(數學)의 중요성을 역설하고 입문서까지 추천했더니 상대가 저명한 수학 전문가였다는 등의 경험은 너무 많다. 또 다음과 같은 경우도 있다.

어떤 남자가 파티장에서 옆에 있는 부인에게 말했다.

"당신 남편에겐 이전에 깡마르고 괴팍한 갈색 머리 부인이 있었는데 그 성질 나쁜 여자는 지금 어떻게 되었나요?"

그 부인이 말했다.

"머리 염색하고 지금 당신 앞에 서 있습니다."

그 부인에겐 나중에 어떤 말을 해 봐도 관계가 개선될 길은 요원할 것이다. 이런 경우에 대처하기 위한 조크의 예를 참고삼아 들어보겠다.

어떤 파티에서 장군이 말을 길게 늘어놓자 지루해하던 한 젊은 장교가 옆에 있던 부인에게 말을 걸었다.

"저런 쓸모없는 말을 길게 늘어놓는 저 사람은 대체 어떤 성격의 소유자일까요?"

이 말을 듣고 부인이 말했다.

"당신은 내가 누군지 아나요?"

"모르겠는데요."

"내가 바로 저기 서서 스피치하고 있는 장군의 아내랍니다."

"아! 그래요? 몰랐는데요. 그럼 당신은 내가 누군지 아시나요?"

"아니, 모르는데요."

"아, 그래요. 참 다행입니다."

이렇게 말하고 그 장교는 사람들 속으로 황급히 사라져 버렸다. 이런 패턴을 역으로 이용해서 상대가 누군지 모르는 척하며 하고 싶은 말을 해버리는 수법도 생각할 수 있다.

학생 : 우리 대학의 '쓰찌야' 교수가 쓰는 에세이는 도무지 쓸 만한
　　　게 없네요.

나 : 자네, 내 앞에서 대놓고 그렇게 말할 수 있나?

학생 : 옛? 아니 그분이 바로 교수님이세요?

나 : 우리 학교에서 '쓰찌야'가 나 말고 또 있나? 자네는 머리만 나
　　쁜 줄 알았더니 기본 예의도 없구먼.

학생 : 교수님도 그렇게 정면으로 면박을 줄 수 있습니까?

나 : 아, 미안, 미안! 눈앞에 있는 사람이 바로 자네인지 미처 몰랐네.

4. '네'라는 표현

모든 말 중에 '네'라는 말처럼 위험한 표현은 없다. 연대보증인이
되어 달라든가, 인생의 중대사인 배우자 선택을 앞두고 불쑥 나타난
사람이 '결혼하자'고 했을 때 특히 위험하다.

말이 많으면 실수하게 마련이다. 평소 말이 너무 많아서 자주 실수
하다 보니 말수를 줄이라고 권고받는 지도자도 있지 않던가. 성서에
서도 "입술을 제어하는 자는 지혜로우며 그 생명을 보전하나, 늘 입
술을 크게 벌리는 자는 멸망이 온다"고 했으니….

결국 위험을 피하기 위해서는 누구하고도 말을 삼가는 것이 가장 현
명한 방법이다. (銀座百点 11월호, 2003년 에세이문학 겨울호)

P씨의
러브레터

아오기 마사미(靑木正美)·함광남 옮김

    고서점을 개점한 지 올해로 45년이 되었다. 그동안 직업상 필요하기도 하지만 문사(文士)들의 육필 원고와 편지 등에 남다른 관심과 흥미를 가지고 이를 수집해 오고 있었는데, 최근에 출간된 P씨의 (사후 8년 만에 공개된)《절대의 연애》라는 책을 보고 깜짝 놀랐다.

  전후 시대에 청년들의 필독서였던 그의 저서《출가와 그 제자》,《사랑과 인식과 출발》이란 책은 나도 문학청년이었을 때 읽은 적이 있기에 그에 대한 관심이 많았던 터였다. 새로 나온 책의 내용은 이미 처자를 가진 64세의 P씨가 19세 된 A양에게 사랑을 고백하며 보낸 솔직하고도 애절함이 넘치는 러브레터 103통을 담은 것이다.

  실은 예전에 P씨가 그의 생전에 사랑하는 소녀에게 보낸 편지 103편 가운데 몇 편을 고서 시장에서 사둔 적이 있는데, 그의 육필 편지와 이 책에 담긴 앞뒤 내용을 연결해서 보니 새로운 사실을 알게 되어 또 다른 느낌이 들었다.

P씨와 A양은 과연 어떤 사랑을 하였으며 서로 어떤 연문(戀文)을 주고받았을까. 그들의 편지를 읽어 내려가노라니 가슴 끝이 시려왔다.

인기 작가이자 사상가인 P씨가 묘령의 소녀에게 최초로 답장 편지를 쓴 것은 1936년 봄이었던 것 같다.

그러니까 문학소녀였던 A양이 문학공부를 하기 위해 P씨에게 이런저런 문의 편지를 하자 그가 조언을 해 주면서 '한번 들르라'고 쓴 후 말미에다 '내 전화번호는 ○○○○번'이라고 썼던 것이다.

전화 연락이 되기 시작하여 다음 해 정월, 드디어 그들은 처음 만나게 되었다. 교토의 백화점에서 일하는 이 소녀가 마음에 든 P씨는 그 후 소녀의 습작품을 읽어 주며 첨삭을 해 주기도 하고, 교토로 찾아가 공원을 산책하면서 많은 대화를 나누었다. 문학과 인생, 꿈, 사랑 등에 관한 대화가 끝없이 이어지는 가운데 두 사람 사이에 사랑이 싹트게 되었다.

도쿄로 돌아온 P씨는 소녀에게 "정말로 당신의 몸과 마음 전체를 진주 반지로 만들어 내 손가락에 끼워 두고 싶은 마음 간절하다"라고 편지를 썼다.

다음 해 4월, P씨는 휴가를 얻은 소녀와 여러 곳을 여행하게 되는데, 그때 처음으로 열정적인 키스를 하게 되었다. 얼마 지난 후에 P씨가 다시 소녀에게 몸과 마음이 하나가 되고 싶다는 진한 사랑을 고백하게 되었는데, 그녀로부터 완곡한 거절과 함께 전에 P씨가 소개한 어느 문학청년과 사귀고 있다는 뜻밖의 고백을 듣게 되었다. 그 말을 들은 P씨는 실망과 질투심에 불탄 나머지 "역시 나같이 나이 먹은 사람은 진정한 연인을 얻는다는 게 절망적이다. 당신은 당신의 청춘으로 살아 주시오. 나는 이제 영원히 만나지 않을 것이다…"라는 편지를 썼다. 나이 먹었다는 사실이 심한 자격지심으로 작용했던 것 같다. 그리고 다음과 같은 요지의 추신을 달아 놓았다.

"…이렇게 말하는 것은 넋두리처럼 들리겠으나 내가 '나를 버려 달라'고 한 말은 실은 거꾸로 돌려서 한 것이다. 버리지 말아 주오. 불우한, 고독한 나를 사랑하고 있다고 말해 달라고 돌려서 말한 것이다. 하지만 그것이 당신의 사랑을 잃는 원인이 되었다면 나는 씻을 수 없는 잘못을 저지른 셈이다. 원인은 다른 데에 있는 것이다. 즉 나는 청춘이 아니라는 점이다. 그러기에 당신은 청춘의 남자를 만나면 감각적으로 끌릴 것이다. 이제는 돌이킬 수 없다. 한번 낀 진주 반지가 빠져 버린 이상 나는 헤어질 수밖에 없을 터. 그럼 영원히 당신을 위해 기도하겠다."

애절한 사랑의 호소를 담은 편지가 소녀를 감동시켰던 것일까. 아니면 소녀도 이미 바라던 바였을까. 아무튼 두 사람은 그 후 교토의 호텔에서 꿈같은 하룻밤을 보내며 서로를 알게 되었다. 그리고 아파트를 얻어 살림을 차렸다. 아! 그러나 어찌하랴. 소녀는 가출한 지 얼마 안 되어 딸의 거처를 알아낸 가족들에 의해 강제로 (집으로) 끌려갔다. P씨가 보는 앞에서….

소녀와 헤어지게 된 P씨는 비탄에 젖어 마지막 편지인 103번째 긴 편지를 썼다. 장장 16매에 이르는 장문의 글이다.

"…집으로 돌아가 4~5일은 야단맞고 감금되어 편지도 쓰지 못하리라 생각했는데, 오늘 우체국에 가보았더니 당신의 편지가 와 있었습니다. 나는 명예도 지위도 감옥도 당신 때문이라면 주저하지 않겠습니다. 한번 생사를 걸고 맹세한 것은 반드시 지켜 낼 것입니다. 그 점은 조금도 의심하거나 동요하지 마십시오. 비록 2~3일에 불과하지만, 우리의 보금자리, 천국에서 함께 일어나고 누우면서 아름다운 창밖 경치를 나란히 내다보고, 취사도구를 사러 가서 그것을 고를 때의 그 즐거운 마음, 우리는 빈틈없이 하나였습니다. 정말로 우린 행복했습니다. 그러나 돌연 냉혹하고 무지한 힘이 우리를 갈라놓았습니다. …아버지가 조금은 현대적이었으면 좋겠습니다. 나는 때를 보아 교토의 아버지를 찾아가서 속마음을 토로하고 간청해 보려고 생각하고 있습니다. 아니면 당신의 가족과 싸워 모든 것으로부터 속박과 구애를 받지 않는, 둘만의 사랑을 위해 두 사람이 자유롭게 행동할 결심도 하고 있습니다."

편지는 계속되는데 다음 부분은 고딕체로 적혀 있다.

"…그렇다 치더라도 두 사람의 사랑은 불가사의합니다. 나는 당신을 잃고는 살 수 없습니다. 당신 가족이나 사회와 통쾌하게 싸우고 나서 서로 부둥켜안고 동반 자살해 버릴까도 생각했지만…. 이건 역시 생각이 짧은 거지요. 너무 소아병적이고 끈기가 없는 거지요. 또 마음에 걸리는 건 나는 나이가 많으니 괜찮지만 당신은 아직 꽃도 피워 보지 못한 열아홉 살이니 당신의 일생이 너무 가련하지 않습니까. 당신을 사랑한다는 말 대신 홀로 죽을까도 생각했습니다. 하지만 혼자는 죽고 싶지 않습니다. 어찌 당신을 이 세상에 홀로 두고 갈 수 있겠는지요."

P씨는 편지 말미에 다음과 같이 쓰고 끝을 맺었다.

"가까운 시일 내에 꼭 만나고 싶습니다. 만일을 위해 가명으로 편지를 보내니 우체국에 가서 찾아갔으면 좋겠습니다."

이것이 그의 마지막 편지다. 그 후 그들의 사랑은 어찌되었을까. 그러나 P씨의 편지만 있을 뿐 소녀의 편지는 전혀 없어 그녀의 심정이 어떠했는지 궁금해하던 차에 마침내 그녀의 마음을 한눈에 알 수 있는 자료를 찾게 되었다. 내가 전에 구입했던 그의 육필 편지 맨 마지막(103번째) 16쪽을 넘기다가 얼핏 그 이면에 뭔가 흘려 쓴 글을 발견한 것이다. 거기에는 뜻밖에도 소녀의 눈물로 얼룩진 애절한 글귀가 적혀 있지 않은가.

몇 번이고 읽고 또 읽었습니다.

몇 번이고 키스하고 또 했습니다.

선생님의 이름을 부르며…

이 편지 소중하게 간직해 주세요.

제가 갈 때까지 기다려 주세요.

선생님께 A 올림

얼마나 그리웠으면 편지에다 입술을 대며 만날 날을 고대했을까. 서로 떨어져 있는 동안 소녀도 오매불망 P씨를 잊지 못하고 언젠가는 그에게 달려갈 것을 다짐하고 있음이 분명하지 않은가.

그들의 육필 원고를 손에 들고 읽노라니 애절한 사랑이 손끝을 타고 가슴에 와 닿는다. 이성 간의 진정한 사랑이란 이런 것이구나 싶었다. 깊이 없는 사랑이 난무하는 세상, 함부로 사랑을 운운하여 '사랑'이란 단어가 훼손되는 요즈음, 이들의 사랑과 러브레터가 '사랑의 진수'처럼 빛난다.

P씨는 그 후 다양한 문필 활동을 펼치다가 5년 후에 병으로 세상을 하직했다는 소식을 들었다. 숨을 거두는 순간까지 그토록 애절하게 마음속 깊이 간직했던 소녀에 대한 사랑은 어찌하고 눈을 감았을까.

그 후 아리땁고도 순수했던 그 소녀의 소식은 알 길이 없다. 하지만 설사 그의 삶이 괴로웠다 할지라도, 젊은 날 자신의 모든 것을 던져 간절히 사랑했던 사람에 대한 추억을 되새기며 훈훈한 마음으로 살아가지 않았을까 여겨진다.

그런 마음을 품고 살았다면 그녀는 분명 외롭지 않았을 것이고, 여성의 평균 수명으로 보아 지금은 79세가 되어 아직 건재하리라 믿을 뿐이다. (2004년 에세이문학 봄호)

＊ 아오기 마사미 : 고서점 주인

장마까지도 감사하는 마음으로

미우라 아야코(三浦綾子) · 함광남 옮김

어머니가 돌아가신 지 6년이 지났다. 어머니는 신앙심이 두터워서 불교 · 기독교 · 천리교를 불문하고 설교가 있으면 늘 기쁜 마음으로 경청하곤 하셨다. 내가 13년 동안이나 기나긴 투병 생활을 하고 있을 때 어머니가 전해 주신 여러 가지 격려와 위로의 말씀이 지금도 귓가에 생생하다.

"긴 터널도 끝이 있게 마련이다."

이렇게 위로해 주시던 어머니를 잊을 수가 없다. 늘 아파서 누워 있는 나를 보면서 어머니는 얼마나 마음이 아프셨을까.

나는 스물네 살 때 폐결핵을 앓기 시작했다. 병은 날로 악화되어 척추에까지 전이되었다. 친구들이 결혼하고 아이를 하나둘씩 두었는데도 나만은 그대로 병원 침대 위에 누워 있었으니, 서른 살이 넘은 딸의 그런 모습을 어머니는 어떤 심정으로 바라보고 계셨을까.

다음 이야기는 요양 13년째 되던 해에 어머니가 들려주신 것이다. 천리교를 신봉하는 어느 부인의 얘기였는데, 그 부인은 언제나 '감사합니다'를 입에 달고 살았다고 한다. 그의 얼굴엔 늘 기쁨이 넘쳐 보였고 모든 사람으로부터 경애(敬愛)를 받았다. 그런데 그가 살고 있는 지방에 때아닌 지루한 장마가 계속되었다. 매화나무에 꽃을 피우기 위해 대지를 적시는 따스한 봄비가 아니었다. 절기에도 맞지 않는 장마였다. 비는 열흘, 스무 날 계속되었고 언제 그칠지 기미가 보이지 않았다. 사람들은 "참 고약한 장마네요"라는 말을 인사말 대신 건네곤 하였다.

그러던 중 어떤 사람이 '감사 부인'을 생각하게 되었단다. "아무리 매사에 감사하는 부인이라 할지라도 이렇게 지루한 장마마저 감사하진 않겠지"하며 묘한 흥미가 발동하여 그 부인의 집을 방문하였다. 부인을 보자마자 "부인, 안녕하세요? 난데없는 장마가 참 고약하네요. 그렇지요?"라고 말문을 열었다. 만일 그 부인의 입에서 불평하는 말이 나오면 그녀 역시 자기와 같은 사람일 뿐이라고 생각하면서….

잠시 후 그녀가 입을 열었다.

"나는 장마를 감사하게 생각하고 있어요. 이렇게 오랫동안 내리는 비가 만일 한꺼번에 쏟아져 내렸다고 생각해 보세요. 마치 하늘에 큰 구멍이 나서 일시에 큰 비를 내리붓는 것과 다름없겠지요. 그리되면 여기저기 홍수가 나서 집도 사람도 곡식도 모두 떠내려가겠지요. 신께선 그런 큰 비를 여러 날로 나누어서 매일 조금씩 내리게 해 주시는 거지요. 감사해야 할 일 아닐까요?"

그렇게 답하는 그녀의 얼굴은 밝게 빛나고 있었다고 한다.

이 이야기는 내게 큰 감명을 주었다. 이것은 단순히 '늘 감사하는 부인'만의 얘기로 끝나는 것이 아니라는 생각이 들었다. 인간이란 누구로부터 뭔가를 받더라도 자신의 기호에 맞지 않거나 취미와 다르면 기뻐하기보다 불평이 나오기 일쑤다. 인간은 감사하는 재능면에서는 부족함이 많은 것 같다. 상대방이 보내 준 마음을 별로 고마워하지 않는다.

그뿐만이 아니다. 매일매일 일어나는 일들에 대해 여간해선 감사하지 않는다. 일상의 일들은 신이 베풀어 준 선물인데도 말이다. 추위도 더위도 바람과 비도 모두 신의 선물이다. 어디 그뿐인가. 고통도 즐거움도 건강도 질병도 역시 그렇다. 신은 사랑을 베푸는 분이기 때문에 우리를 위해 언제나 최상의 것을 선택해서 보내 주신다. 그럼에도 그렇게 보내 주는 선물에 대해 그 뒤에 숨은 뜻을 모른 채 당장 눈앞의 현실만 바라볼 뿐 별로 감사하지 않는다.

나는 장마까지도 감사하는 부인의 마음에 감동하며 기나긴 투병 생활을 생각해 보았다. 답답하여 한 달을 하루로 셈해 보기도 하였다. 그렇게 해도 1년이면 12일, 10년이면 120일이나 된다. 길고 긴 투병 생활에서 단 하루도 병세가 좋아진 날은 없었다. 미열이 나고 담이 나오고 권태감이 엄습해 왔다. 또 편도선이 붓고 감기가 끊이지 않는 그런 상태가 반복되었다. 몸을 움직일 수가 없어서 병상에서도 천장만 바라보고 세수도 식사도 제대로 못했다. 이런 날이 열흘만 지속된다면 대부분의 사람들은 비명을 지를 것이다. 이것이 나의 일상생활이었다. 의사도 앞으로 어찌될지 확답을 못하니 이런 상태로 일생을 살아갈지도 모르는 일이었다.

그런 가운데 '감사 부인'의 말은 내게 큰 충격이었다. 그녀가 생각하는 방식에 따르면 신은 내게 고통과 신열, 그리고 권태감 등이 일시에 엄습해 오는 것을 허락하지 않은 것이다. 그러니까 10년 넘게 나 누어서 그러한 고통을 매일 조금씩 감당하게 배려하였으니, 생각해 보면 감사한 일이 아닐 수 없다. 병세가 일시에 악화된다면 나의 연약한 인내로는 극복할 수 없는 일 아닌가.

나의 병세가 오랜 세월 지속되어 왔지만 부모님이 계시고 형제와 친절한 친구들이 있으며 눈으로 보고 귀로 듣고 입으로 말하고 수족도 움직이니 참으로 감사해야 할 일이 너무 많다는 사실을 절감하고 있다.

인생길에는 참기 어려운 고난이 무수히 많다. 하지만 감사해야 할 종류와 가짓수를 헤아리며 사는 사람은 진정으로 행복한 사람일지니, 나도 그런 사람이 되기를 다짐해 본다.

(잊을 수 없는 이야기 : 나의 빨간 수첩에서)

---

* 미우라 아야코 : 1964년 아사히신문 현상소설공모에 《빙점》으로 당선. 기독교인으로서 '사랑이란 무엇인가' 란 주제를 품고 살았다.

여성은 전 생애가
결혼 적령기

우노지요(宇野千代) · 함광남 옮김

지금도 연애 중! 내 나이 95세, 나는 지금도 연애 중이랍니다. 나이는 먹더라도 마음만은 쇠하지 않습니다. 남과 여, 연애와 결혼에 관한 얘기를 하렵니다.

어떤 사람이 "선생께선 지금도 연애를 하시나요?"라고 묻기에, "그럼요. 지금도 연애 감정이 있어요"라고 답했습니다. 이것이 내 솔직한 마음이니까요. 그러나 이것은 내게 남달리 특수한 점이 있어서가 아니라고 생각합니다. 내가 사랑한 경험이 많아서도 아니고, 누구나 마음의 고동 소리를 들으면 그럴 거라고 생각합니다.

당신은 어떻게 생각하십니까?

나이가 든다는 것은 그냥 햇수가 쌓이는 것이지요. 나이가 들면 확실히 육체적으로 쇠해지고 기력도 떨어지며 장년의 활력도 찾기 어렵지요. 욕망에도 변화가 옵니다. 그러나 마음까지 쇠잔해지지는 않습니다. 오히려 본능과 욕망이 축소되어 남성에 대한 흥미 또한 추상화되지요. 그리되면 사랑도 추상적이 되고 사랑의 감정 또한 순화된다고 봅니다. 또 나이가 들면 정신적인 사고의 양이 증가되니까 인간을 보는 눈이 풍요로워지는 거 아닐까요?

나는 지금 95세 노령이지만, 여성보다는 역시 남성이 더 좋습니다. 이건 솔직한 고백입니다. 좀 이상한가요? 젊었을 때처럼 얼굴이 예쁘다든가 하는 표면적인 것은 좋아하지 않게 됩니다만, 왜 그럴까요? 여성보다 남성이 더 좋다는 말은 한마디로 남성이 갖고 있는 객관성에 이끌리기 때문입니다. 남성이 갖고 있는 특유의 낭만과 꿈을 불사르며 사는 모습이 나의 마음을 움직이게 합니다.

나는 자신을 객관적으로 보는 남성을 좋아합니다. 가슴 가득 낭만을 품고 미래의 꿈을 말하는 그들의 대화를 듣노라면 왠지 모르게 몸과 귀가 몰입하는 것을 느낍니다. 나 자신도 거기에 동참하면서 온 신경이 흥미 있는 화제에 집중되기 때문이겠지요. 어떤 사람이 내게 "선생은 남성들의 얘기를 경청하시는 것 같습니다" 하고 다소 빈정대는 투로 말하시만, 화제가 재미있으니 내 마음속 파장에 공감대를 갖게 됩니다.

나의 보이프렌드는 직업과 연령이 다양합니다. 샐러리맨, 건축가, 영상 관련자, 디자이너, 음악가, 의사 등 다채롭습니다. 그런데 공통

점은 모두 '목숨 걸고 일에 몰두하는' 사람들입니다. 인간이란 무슨 일이든지 목숨 걸고 하지 않으면 죽는 순간까지 아무것도 이루지 못할 것입니다. 전력투구하는 자세로 사는 것만이 자신의 생애를 온전하게 사는 길이 아닐까요?

사람마다 매력이 있지만 어떤 이는 성실하고 또 다른 이는 용기가, 친절이, 부드러운 매너가… 남다른 특성을 갖고 있어서 나는 그들의 매력에 끌리다가 곧 사랑에 빠지게 되는 거지요.

그런 내게 지금도 짝사랑하는 남성이 있답니다. 배우로 활동하는 A씨가 그 사람입니다. 그의 남성다움에 흠뻑 빠져 있답니다. 그간 내게 공연 안내장이 오긴 했으나 가진 못했고, 다만 TV 앞에 앉아 그를 바라보면서 "나는 당신이 좋아요"라고 나직이 말하고 있습니다. 언젠가는 만날 날이 올 것입니다. 그와 만나는 날 어떤 모습으로 만날지는 모르지만, 건강하기만 하면 반드시 만난다고 믿고 있지요. 그러기에 '최선을 다해 일하고 몸을 소중히 여기며 건강하게 살아야 한다'고 다짐하고 있습니다. 건강을 잃으면 실현될 수 없는 일이니까요.

여성은 전 생애가 결혼 적령기

나는 '여성은 전 생애가 결혼 적령기'라고 주장하고 싶습니다. 이해가 안 되는 말이지만, 세간에는 결혼 적령기라 하여 30세 전후의 독신 여성을 '출가시킨다'고 합니다.

정말 그런가요? 결혼에 적령기란 게 있는 걸까요? 세간에서 말하는 적령기라는 것은 육체적·생리적으로 어른이 된 남녀에게 연령이라는 점이 간과되면 안 된다는 뜻으로 생각합니다. 그러나 젊다는 사실만으로 아름답다는 조건이 충족된다고는 볼 수 없습니다. 나이가 얼마든 간에 그 시점의 아름다움이 엄연히 있는 것입니다. '아름다움' 속에는 외면적인 면뿐만 아니라 여러 가지가 포함되어 있기 때문이지요. 그 것은 지성, 경험, 용기, 센스, 우아함 등 인간이 갖는 총체적 성질이 포함되어 있기 때문입니다. 20세는 20세의, 30세는 30세의, 40세는 40세의 아름다움이 있고, 60세도, 95세 된 나도 나름대로의 아름다움 이 있는 것이지요.

나는 때때로 자신을 돌아보며 지난날을 회고합니다만, 살아온 그때 그때가 다 꽃다운 시절이었다고 생각합니다. 그러니까 언제고 자신의 일생 동안 '지금의 내가 가장 행복하다'고 생각하면서 살아왔습니다. 그래서 나는 나이가 얼마가 되더라도 경우에만 맞는다면 아직도 결혼 할 계획을 갖고 있답니다. 바로 지금 이 시간이 자신에게는 '결혼 적 령기'라고 보는 것이지요.

어떻습니까? 이제 생기가 회복되셨나요?

그렇습니다. 여성에겐 전 생애가 결혼 적령기랍니다.

(나의 행복론 1996년, 2004년 에세이문학 가을호)

---

* 우노지요 : 일본 예술원 회원. 〈행복〉 등 작품으로 여류문학상 수상. 애욕의 세계를 묘사함 에 있어 독보적 지위를 확보한 작가로 100세까지 왕성한 저술활동을 함.

듣기 싫은
'할머니' 소리

이와하시 구니에(岩橋邦枝) · 함광남 옮김

"육십 넘은 '마릴린 먼로'보다는 스무 살 된 평범한 여자가 더 좋다." 내가 사십 대 때 남자 동료가 한 말이다. 그때만 해도 그렇게 말하는 남자들의 속셈을 빤히 들여다보았기 때문에 큰 소리로 웃고 말았는데, 육십이 넘은 지금 생각해 보니 그때 그 웃음 속엔 분명히 오만이 배어 있었던 것 같다.

대학을 졸업한 지 이제 40년이다. 그동안 해 오던 동창회 모임을 바꾸어 여행을 가기로 하고, 남편들도 모두 정년퇴직을 하였으니 부부동반으로 가기로 해 구체적인 의논도 할 겸 몇몇이 미리 만났다. 학생 때 기분으로 돌아가 여행 이야기가 한창 무르익을 때, A가 시무룩한 표정으로 입을 열었다. 자기 남편에게 함께 여행 가자고 했더니 대답이 가관이더란다. "할머니들 속에 끼어 여행 갈 용기가 없으니 혼자 잘 다녀오라"고.

그런데 그 말을 들은 친구들 반응이 의외였다. '뭐야? 할머니가 어쩌고 어째?'하며 일제히 들고 일어날 줄 알았는데 별 반응이 없었던 것이다. 모두 "우리 집도 똑같아" 하는 게 아닌가. 독신인 친구와 과부인 나만 속이 끓었지만 꾹 참았다.

어쨌거나 친구들이 그렇게 막말하는 남편들과 살고 있으니 그 남편들을 욕하기도 좀 그렇고, 잘못하면 남편 없는 여인네의 투정으로 오해받을까 봐 잠자코 있었다. 독신인 친구도 "객관적으로 보면 우린 이미 할머니 그룹이지 뭐" 하고 한풀 꺾인 말을 하자 모두 한바탕 웃고 넘어갔으나, 어딘가 학생 때 같은 생기는 전혀 찾아볼 수 없었다.

'육십 한두 살 정도로는 할머니라 부르진 않겠지. 남자들도 할아범이라고 불리면 화가 나겠지?'라는 생각으로 비슷한 연배의 여자들에게 물어보았더니, "물론 육십 넘으면 할머니지" 하고 껄껄 웃는 이도 있고, "괘씸한 생각은 들지만 당신같이 일일이 속상해하면 앞으로 견디기 어려울 거예요" 하고 점잖게 충고해 주는 이도 있다.

그나저나 괘씸하다고 생각하는 쪽이 열세여서 모두 체념하는 것인지, 아니면 익숙하게 길들여져서인지는 잘 모르겠으나, 아무튼 할머니 호칭이 만연해진 것만은 틀림없다. 요즈음 직장에서 성희롱이 자주 말썽이 되고 있는데, 세간에 함부로 회자되고 있는 할머니 호칭이야말로 진짜 성희롱이 아닐까?

연령과 관계없이 조모(祖母)는 '할머니' 또는 '할멈'이다. 만일 내게 손자가 있다면 "할머니"라고 자연스럽게 부르게 할 것이다. 그런데 주위를 돌아보면 손자들이 그렇게 부르는 게 싫어서 나름대로 별도의 호칭을 만들어 부르게 하는 경우가 많다. 아무래도 할머니란 호칭이 여성들에게 저항감을 안겨 주는가 보다. 만일 내가 오래 살아 파파 할머니가 되면 여러 사람이 "할머니~" 하고 고양이 콧소리로 부르겠지. 그때쯤에는 노여움의 에너지도 메말라 버려 살짝 웃으며 "뭐라고? 나 귀가 어두워서 잘 못 들어…" 하고 시침을 뗄 것만 같다.

본인이 할머니라 말하는 것은 상관없지만, 남들이 그렇게 불러도 좋다고 할 만큼 나는 아직 사람이 덜되었다. 연하의 여자와 젊음을 견줄 마음은 없지만 그래도 여자로 알아주면 기분이 좋은 걸 어쩌랴.

소설 쓰는 남자 친구에게 "육십 전후의 여자를 연인으로 설정한 멋진 소설을 쓸 생각이 없느냐?"고 물으면 "음, 그거 좋지" 하면서도 떨떠름한 표정을 보면 나이든 내 현실과 혼동되어 맥이 빠진다. '짝사랑은 창작의 어머니'라며 나 스스로를 고취시켜 보지만, 아무래도 의욕이 불타오르지 않는다. 여기에서 세간의 할멈 취급이 뒤통수를 친다.

나는 오십 안팎이었을 때 최초로 할머니라 불린 적이 있다. 하도 기가 막혀서 수필로 쓴 적도 있으니 긴 얘기는 생략하겠으나, 어느 날 대학생들의 술좌석에 합석하게 되었다. 그런데 왜 그런지 여학생의 회비가 남학생보다 2, 3천 원 쌌다. 나는 그들에게 다소나마 도움을 준다는 생각에서 남학생과 같은 회비를 냈는데, 회계를 맡은 학생이 그 차액을 가져오기에 "그냥 둬요" 하고 사양했다. 이때 마침 동석한 중년의 남자 교수가 끼어들며 "그래, 이쪽은 괜찮아. 할머니는 여자

축에 끼지 않으니까" 하는 게 아닌가.

들는 순간 아연실색했다. 아니 세상에, 이런 망발이 있을 수 있단 말인가. 태어날 때부터 화내는 것하고는 무관한 나였지만, 그 소리를 듣고는 화가 머리끝까지 치밀어 그 남자 얼굴에 술을 끼얹고 싶었다. 스스로 아직은 젊다고 생각해 왔고 그렇게 믿어 온 터였기에 도저히 참기가 어려웠다. 하지만 잠시 숨을 고르고 분위기를 생각해 꾹 참고 아무렇지 않은 듯 학생들과 담소를 나누었다. 역시 나이 먹은 덕분이었던 것 같다.

인간은 생물로서의 젊음만이 중요한 건 아니다. 하지만 서글프게도 알맹이로 승부하자든가, 성숙한 여자의 매력 운운하면서 목청을 높여 봤자 부질없는 노릇이다. 이는 시들어 가는 젊음의 막바지를 애써 버텨 보려는 안간힘에 불과할 터, 공연한 비애감만 맛보게 될 것이기 때문이다.

누구나 세월이 가면 다 늙는다. 늙어 가면서 각자가 느끼는 어쩔 수 없는 '노화에의 자각'에 대고 뒤통수를 치지 않는 것이 신사의 도리요 정리(情理)일 텐데, 이 같은 신사도와 정리는 다 어디로 갔단 말인가.

'나이 들어 할머니가 되는 것은 당연지사'라고 흘려 버릴 도량을 갖지 못한 나에게 이런 고투(苦鬪)는 앞으로도 계속될 것만 같다.

(新潮 45 8월호, 2004년 에세이문학 겨울호)

* 이와하시 구니에 : 일본 여류작가.

경멸의
효과

우지야 겐지(土屋賢二) · 함광남 옮김

　일본의 미래가 걱정이다. 얼마 전 신문 보도에 따르면 일본의 어린이는 정의감과 도덕성이 국제적으로 모두 '최하위'라는 조사 결과가 나왔다고 한다. 친구들 간 따돌림을 하지 못하게 말리거나 나쁜 짓을 하는 어린이에게 주의를 주거나, 또는 노인이나 장애자에게 도움을 준 경험이 있는 한 어린이의 비율이 제일 낮다는 얘기다. 그럼에도 텔레비전 뉴스에 비춰진 어린이들은 이 결과에 대해 부끄러워하는 모습도 전혀 보이지 않았다.

　일본이 다른 나라보다 특별히 좋은 점도 없지만 그나마 위로가 되는 것은, 그 조사를 어린이만을 대상으로 했다는 점이다. 만일 성인을 대상으로 했다면 어린이를 개탄하는 것으로 끝날 일이 아니었을 것이다.

　이런 결과의 원인에 대하여 가정교육의 필요성이 지적되었지만, 가정이나 학교에서의 교육이 어느 정도 효과가 있을까. 도덕성, 정의감이라는 것은 산수 가르치듯 보통교육으로 가능한 게 아니다. 예를 들어 "용기를 가져라"고 가르쳐도 "네" 하고 거짓말을 할 뿐이다. 또 "거짓말을 하지 말라"고 가르쳐 봤자 "네" 하고 같은 거짓말을 되풀이할 것이다. 경우에 따라서는 가르침에 반발하여 정반대 방향으로 갈 가능성도 있다. 산수(수학)라면 '2 + 3 = 5'라는 정답에 반발하여 '2 + 3 = 7'이라고 우기는 경우는 전혀 없을 텐데….

고대 그리스의 어느 학자는 어떤 방식으로 도덕을 가르치면 효과적일까라는 문제를 놓고 고민했다지만, 끝내 내린 결론은 적어도 산수공부처럼 가르치는 일은 불가능하다는 것이었단다. 지금 일본에서는 덕(德)이 경시되어 '훌륭한 사람'이라는 표현은 사어(死語)가 되고 있다. 나같이 내세울 게 없는 사람은 살기 어려운 나라가 되었다.

현재 일본 사회에서 평가되고 있는 항목은 능력, 용모 그리고 재산뿐이다. '어떤 인물인가'에 대해서는 주목하지 않는다. 스포츠에 재능이 있다든지, 노래를 잘 한다든지, 귀여운 얼굴을 가진 사람이면 그가 어떤 인물이든, 무엇을 생각하든 전혀 문제 삼지 않는다. 이런 사회에서 어린이들에게만 능력, 용모, 돈을 따지지 말고 훌륭한 인물이 되라고 하는 것은 무리가 따르는 얘기가 아닐 수 없다.

영국이나 미국에서도 인물을 평가할 때 그 사람의 능력은 따지지만, 한 가지 재능만으로 모든 것이 용서되는 일본과는 판이하게 다르다고 한다. 사람은 갖고 있는 능력 이전에 '하나의 인간'으로 평가되어야 한다는 인식이 뿌리 깊게 자리 잡고 있는 것이다. 인기 탤런트, 유명 스포츠맨, 심지어 왕족이라고 해도 인간으로서의 평가가 가장 중요하고, 만일 사회적 문제에 대해서 "나는 관심 없어요"라고 한다면 온전한 인간으로 취급받지 못한다고 한다. 그러니까 사회인으로서 어떤 생각을 가지고 어떤 행동을 하는지가 평가의 중요 대상이 된다는 얘기다.

결국 어린이를 개탄하기 전에 먼저 어른들이 달라져야 한다. 온전한 인간을 만들기 위한 교육 방법으로 영국과 미국처럼 최하위 부류의 인간이나 나쁜 행동을 하는 사람에게 노골적으로 경멸하는 태도를 보이면 그 효과는 어떻게 나타날까? 어린이에게도 말로 설득하는 게 아니라 어떤 인간이 경멸을 당하는지를 보여 주는 방법으로 말이다.

텔레비전 드라마에서 비열한 인간이 경멸당하는 장면이 자주 목격된다. 실제 사회에서도 예를 들어 언행의 불일치, 거짓말, 비겁함, 배신, 불공평, 제멋대로 하기, 사려 깊지 않음, 이기주의 등은 공동체 내에서 이미 경멸당하고 있지 않은가.

경멸의 효과란 어떤 것인지 실험해 보았다. 오만하거나 난폭한 인간이 텔레비전에 나올 때마다 경멸하는 모습을 아내에게 보여 주었지만 덩달아 경멸만 할 뿐, 자신을 반성하는 기미는 보이지 않았다. 그녀의 둔감함을 또한 경멸해 보았지만 결과는 같았다. 병이 너무 깊으면 명약도 듣지 않는 것처럼 경멸의 효과도 한계가 있는가 보다. 면전에 대놓고 상대방의 자성을 촉구해 보면 어떨까? 조교에게 한번 실험해 보았다.

"자신의 모습에서 반성할 점을 실토해 봐."

"제가 뭔가 잘못했습니까?"

"가슴에 손을 얹고 생각해 봐."

"여러 번 우려낸 차를 드려서 그러시나요? 아니면 잘 씻지 않은 찻 잔에 담아서 그러십니까?"

"나는 경멸한다."

"저 말씀이십니까?"

"경멸해야 한다."

"이미 충분히 경멸하고 있습니다."

나의 주제 설명이 부족했을까? 이렇게 되면 그가 지금 나를 경멸하고 있는 것은 아닐까? 지나친 경멸은 도리어 반발을 살 수도 있으니 꼭 좋은 것만은 아닐 성싶다. (2005년 에세이문학 봄호)

* 우지야 겐지 : 일본 오차노미즈여자대학 교수. 제51회 에세이스트클럽상 수상 작가.

인류의
불행

우지야 겐지(土屋賢二) · 함광남 옮김

아무리 가르쳐 주어도 젊은 사람은 알지 못하는 것이 있다. 예를 들어 어떤 사물의 가치를 가르쳐 주어도 잘 이해하지 못한다. 그중에서도 연장자의 가치를 전혀 알지 못한다. 아마도 지성이 아직 발달되지 않은 탓일 것이다. 연장자의 가치는 연장자가 되어 보지 않고는 도저히 이해할 수 없는 것 같다. 한 학생에게 쓴소리를 해 본다.

"요즘 젊은 사람들의 매너는 정말 엉망이야. 지하철에서만 보더라도 노인에게 자리를 양보하지 않고, 다리를 쭉 뻗고 앉거나 바닥에 쭈그려 앉기도 하더군. 여자들은 복잡한 차 안에서 화장을 하느라 정신이 없고. 이렇게 되면 차 안에서 옷을 갈아입는 날도 머지않았겠지? 또 여름에 젊은 여성들은 튀는 옷을 입지 않던가?"

"캐미솔 말씀인가요?"

"그래 그거야. 속옷 같은 차림새 말이야. 왜 겨울엔 입지 않는 건지.

민망해서 쳐다볼 수가 없다네."

"그런 옷이 좋은가 보죠. 하지만 그런 젊은이는 10% 정도에 불과할 겁니다."

"10%도 적은 건 아니야. 이래가지고서 어떻게 인류의 진보를 기대하겠나."

"그렇지만 저희들은 어른들이 잘못하는 거라고 보고 있습니다. 특히 중년 아저씨들이 나쁘다고 생각합니다."

"뭐? 어른들이 나쁘다고? 한심한 일이군. 그럼 우리가 젊었을 때 했던 변명과 다를 게 없지 않은가. 옛날과 조금도 달라진 게 없으니 이래도 되는 걸까? 적어도 어른들은 구차한 변명은 하지 않는다네. 어른들의 그런 자세를 본받아야 하지 않겠나. 그런데 그 아저씨들 중에 나도 포함되는 건가?"

"선생님은 전형적인 아저씨입니다."

"뭐? 그렇다면 적극적으로 반론을 제기해야겠군. 우리는 그렇게 형편없진 않아. 젊었을 때보다 힘은 쇠약해졌지만 옛날보다는 여러 모로 더 나아졌을 거야."

"하지만 쓰레기나 담배를 아무 데나 버리는 사람도 아저씨들이고, 술주정은 정말 최악입니다. 게다가 술냄새는 왜 그리 지독한지요. 그뿐인가요? 차 안에서 여성들이 보는 앞에서 누드 사진이 실린 신문을 아무렇지도 않게 펼치고, 칸막이 자리에 앉기라도 하면 아예 신발을 벗고 앞좌석에 짧은 다리를 얹은 채 술을 마시지 않습니까? 그리고…."

"됐네. 그 정도로 매너가 나쁜 사람이라면 젊은이와 다를 바 없군. 하긴 늙어 보이는 젊은이도 있으니까."

"선생님이 나쁘다고 말씀하시는 젊은이도 실은 젊게 보이는 아저씨 일지도 모르지요."

"아무려면 아저씨가 스커트를 입고 화장을 하겠나. 설령 자네가 비난하고 있는 사람이 모두 아저씨라고 해도 나쁜 사람은 일부에 불과해. 아저씨들 중 90%는 그렇지 않아."

"아까 10%도 적은 건 아니라고 하지 않으셨습니까? 젊은 사람은 주의를 주면 사과하는 경우가 있지만 아저씨들은 대부분 화를 내지요."

"주의를 주는데 화내는 사람은 최악이지. 실은 내 아내가 그렇다네. 어쨌건 어른에게는 젊은이를 이끌어 가야 할 사명이 있어. 이끌림을 받아야 할 젊은이가 어른이 구태여 주의를 줄 필요가 없게 한다면 화내는 어른도 없을 거야."

"그렇지만 아저씨에게는 젊은 사람을 이끌어 갈 자격이 없다고 봅니다. 아저씨가 젊은 사람을 혼내는 것은 상습 강도범이 절도범을 혼내는 것과 다름없습니다."

"그것은 논점의 차이야. 누가 혼을 내든 절도범은 나쁜 것이지. 자네 주장은 고래가 포유류라고 주장하는 사람에게 '그렇지만 고양이가 좀 더 포유류입니다'라고 반론하는 것과 같네. 강도가 아무리 나쁘다고 지적해도 절도가 나쁘다는 사실에는 변함이 없어."

"그러나 먼저 강도를 그만둬야 하지 않겠습니까? 젊은 사람은 태어날 때부터 어른들을 보고 그대로 배워 왔으니까요."

"그런 맥빠진 의지로 어떻게 한다는 것이냐. 다음 세대를 짊어지고 갈 젊은이가 변혁의 기개를 갖고 변화를 실천해 나가야 하거늘, 그리하지 않는 것은 인류의 불행이야. 최소한 어른들의 좋은 점도 조금은 본받아야 하네."

"좋은 점이 있습니까?"

"당연히 있지. 어른들은 나이를 먹으면서 자신이 젊었을 때의 착오를 깨닫는다네. 자네들에겐 이런 지각이 없지."

"나이 들어 아저씨가 된 지금은 착오가 없습니까?"

"없다는 확신은 없지만 너희가 착오를 범하고 있는 건 틀림없어."

"이래서는 진보를 기대하기가 어렵겠습니다. 적어도 이런 아저씨들이 있는 한 무리입니다. 불행한 일입니다."

젊은 사람을 설득하는 일은 정말 무리다. 하지만 생각해 보면 인류 최대의 불행은 젊었을 때가 가장 좋았다는 사실이다.

(2005년 에세이문학 여름호)

반드시 치유됩니다
지금은 잠시 시련 중이니까요

미우라 아야코 · 함광남 옮김

7월 5일은 나의 세례 기념일입니다. 31년 전, 척추가 아파서 깁스를 한 채 병원에 입원하고 있었습니다. 원인 불명의 미열이 심하고 폐까지 앓고 있었는데, 내 병이 어느 정도인지조차 알 수도 없고 진단 결과는 '절대안정'이 필요하다는 말뿐이어서 의학에 대한 강한 불신을 갖고 있었습니다. 그러던 차에 세례를 받게 된 것입니다.

나로서는 이 세상에 아무것도 믿을 수 없는 심정이었으나 예수 그리스도의 사랑만은 믿게 되는 행운을 얻게 되었던 것이지요. 세례 받던 그날, 세례를 주기 위해 '오노무라' 목사님이 장로님과 함께 병실에 오셨습니다. 목사님은 과거 전쟁 중에는 전쟁 반대 운동을 하다가 체포까지 되었던 존경받는 분으로서 매사에 아주 엄격하다는 소문을 듣고 있었습니다. 형형한 눈빛에 말씀은 인자하고 우아하게 보이는 모습이었습니다. 내게 세례를 주고 돌아가시면서 (얼마나 더 요양을 해야 할지도 모른 채 기약 없이 누워 있던 내게) 목사님은 나를 바라보며 확신에 찬 어조로 말씀하셨습니다.

"반드시 치유됩니다. 지금은 잠시 시련 중일 뿐이니까요."

그때 나는 솔직히 그 말을 믿지는 않았습니다. 당시의 의료체계로 척추병은 고쳐지는 게 아니었기 때문이지요. 하지만 목사님의 말씀은 그분의 마음속 깊은 곳에서 우러나오는 확신에 찬 메시지로 내 마음에 와 닿습니다.

'말이란 인격의 소산'입니다. 그 후 나는 그 목사님을 다시 만난 적이 없습니다. 그러니까 내 생애에 단 한 번밖에 만난 적이 없는 셈이지요. 그러나 목사님의 그 말씀은 두고두고 내게 상상할 수 없는 힘과 희망을 불어넣어 주었습니다. 그 뒤 나는 7년간이나 더 깁스 상태로 입원 생활을 하였는데, 내가 길고 긴 투병 생활 중에 그 감동적인 음성이 늘 들려오곤 하였으니, 내가 인내하며 투병 생활을 감내하는 데 가장 큰 힘이 되었던 것입니다.

그 목사님은 어떤 분일까? 그분의 메시지는 듣는 이의 마음을 강력하게 사로잡는 것이었습니다. '사람의 말'이란 우리가 상상하는 것보다 더 강렬한 힘을 가지며 정신적으로 강인하게 만드는 묘약이라 생각됩니다. 인간은 모름지기 그 목사님처럼 위로하고 격려하며 절망으로부터 벗어나게 하는 말을 가슴속 깊은 곳에 축적해 두지 않으면 안 될 것 같습니다.(2007년 5월 은평감리교회)

행복은 자신의
마음속에

우노지요(宇野千代) · 함광남 옮김

당신은 자신이 행복하다고 생각하나요? 지금 바로 가슴을 열고 "나는 행복하다"라고 말할 수 있습니까?

나는 언제나 "아, 행복하다"라고 말하는 습관이 있답니다. 행복은 먼 곳에 있는 것 같지만 운이 좋아서 얻는 것도 아니고 오로지 자신의 마음속에 있는 것이니 어떻게 생각하느냐에 달려 있을 따름입니다.

자신이 행복하다고 생각하면 행복한 것이고 불행하다고 생각하면 불행한 것입니다. 내가 쓴 책에 '행복을 아는 지혜'라는 글이 있습니다. 그 글에서 행복에 관하여 생각하는 방법을 최대한 자세히 말하였는데, 여기서 다시 살펴볼까요?

행복을 아는 지혜

나는 '행복하다, 불행하다'는 말을 전혀 하지 않습니다. 어려서부터 나는 결코 불행하다는 생각을 해 본 적이 없고, 비참한 환경에 처했더라도 희망과 기쁨을 지니고 늘 행복하다고 여겨 왔습니다. 눈으로 불행을 발견할 때는 둔감하게, 행복에 대하여는 쉽게, 빨리 느끼도록 생각하며 지내 왔습니다. 그러니까 나는 행복하든지 불행하든지 간에 행복을 느끼는 쪽에 더 능숙한 사람인 듯싶습니다.

내가 95세 된 지금까지 긴 인생을 살아온 데에는 이와 같은 기본정신이 도움이 된 줄 믿습니다. 과거에도 그랬지만 앞으로도 그럴 것입니다.

내가 가장 싫어하는 사람이 바로 불행하다고 생각하는 사람입니다. 그러니까 '나는 행복하다. 과거에도, 현재도, 앞으로도'라고 생각하십시오. 행복은 전염되는 것입니다.

당신의 행복은 주위 여러 사람을 행복하게 만듭니다. 지금, 어서 당신의 마음을 여러 사람에게 향하도록 하십시오.

행복은 없고 불행만 가득하다면 하나님은 불공평한 분이 되겠지요? 그러나 하나님은 인간이 행복하기를 바라는 분입니다. (2004년 은평)

작가 함광남이 엿본 우리 사회 민낯

참으로 유감입니다

펴낸날   초판 1쇄 2019년 10월 25일

지은이   함광남
펴낸이   서용순
펴낸곳   이지출판

출판등록   1997년 9월 10일 제300-2005-156호
주 소   03131 서울시 종로구 율곡로6길 36 월드오피스텔 903호
대표전화   02-743-7661 팩스 02-743-7621
이메일   easy7661@naver.com
디자인   박성현
인 쇄   (주)꽃피는 청춘

ⓒ 2019 함광남

값 15,000원

ISBN 979-11-5555-121-9 03800

※ 잘못 만들어진 책은 바꿔 드립니다.

이 도서의 국립중앙도서관 출판시도서목록(CIP)은 e-CIP홈페이지(http://www.nl.go.kr/ecip)와 국가자료
공동목록시스템(http://www.nl.go.kr/kolisnet)에서 이용하실 수 있습니다.(CIP제어번호: CIP2019040776)

작가 함광남이 엿본 우리 사회 민낯

참으로 유감입니다